Pedro Llosa Vélez

A medida de todas as coisas

TRADUÇÃO
Antonio Fernando Borges

Copyright © 2018 Pedro Llosa
Copyright © 2018 Editorial Planeta Perú
Latin American Rights Agency – Grupo Planeta
Copyright desta edição © 2019 É Realizações
Título original: *La Medida de Todas las Cosas*

EDITOR *Edson Manoel de Oliveira Filho*

PRODUÇÃO EDITORIAL *É Realizações Editora*

CAPA E PROJETO GRÁFICO *Angelo Alevatto Bottino*

DIAGRAMAÇÃO *Nine Design | Mauricio Nisi Gonçalves*

REVISÃO *Fernanda Simões Lopes*

Reservados todos os direitos desta obra. Proibida toda e qualquer reprodução desta edição por qualquer meio ou forma, seja ela eletrônica ou mecânica, fotocópia, gravação ou qualquer outro meio de reprodução, sem permissão expressa do editor.

CIP-BRASIL. CATALOGAÇÃO NA PUBLICAÇÃO
SINDICATO NACIONAL DOS EDITORES DE LIVROS, RJ

L771M

LLOSA VÉLEZ, PEDRO, 1975-
A MEDIDA DE TODAS AS COISAS / PEDRO LLOSA VÉLEZ ; TRADUÇÃO ANTONIO FERNANDO BORGES. - 1. ED. - SÃO PAULO : É REALIZAÇÕES, 2019.
264 P. ; 21 CM. (FICÇÕES FILOSÓFICAS)

TRADUÇÃO DE: LA MEDIDA DE TODAS LAS COSAS
ISBN 9788580333879

1. FICÇÃO PERUANA. I. BORGES, ANTONIO FERNANDO. II. TÍTULO. III. SÉRIE.

19-59604 CDD: 868.9935
  CDU: 82-3(85)

LEANDRA FELIX DA CRUZ - BIBLIOTECÁRIA - CRB-7/6135
03/09/2019   12/09/2019

É Realizações Editora, Livraria e Distribuidora Ltda.
Rua França Pinto, 498 · São Paulo SP · 04016-002
Telefone: (5511) 5572 5363
atendimento@erealizacoes.com.br · www.erealizacoes.com.br

Este livro foi impresso pela Gráfica Pancrom em setembro de 2019.
Os tipos são da família Pensum. O papel do miolo é o Pólen Soft 80 g/m²
e o da capa, cartão Ningbo C2 250 g/m².

Para Alejandra

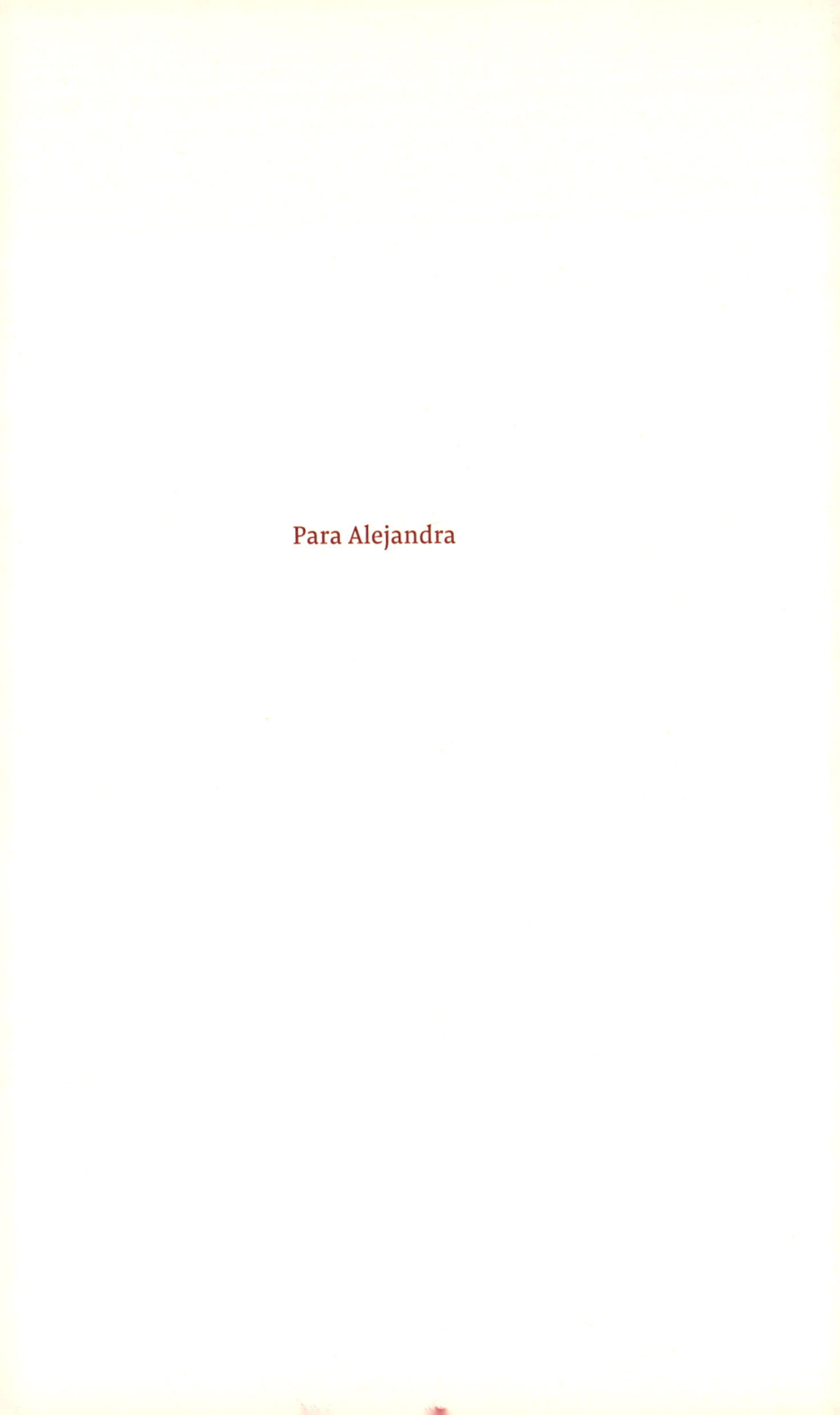

"Todas as histórias humanas são políticas."
Ken Loach

PRIMEIRA PARTE

Só umas fotografias

"*Quando a segunda fotografia chegou, de Assunção e com um homem visivelmente diferente, Risso tem medo sobretudo de não ser capaz de suportar um sentimento desconhecido, que não era ódio nem dor, que morreria sem nome com ele, que era parecido com a injustiça e com a fatalidade, com o primeiro medo do primeiro homem sobre a Terra, com o niilismo e com o começo da fé.*"

Juan Carlos Onetti, *El Infierno Tan Temido*
[O Inferno Tão Temido]

Ela tinha dado a ele de presente aquele envelope, uma embalagem amarelada, de plástico e com o logotipo de alguma companhia aérea que agora já não existia. Continha uma coleção de cédulas de papel-moeda de vários países do mundo que ela foi reunindo em suas viagens e tinha lhe dado de presente para que ele as usasse em suas aulas de economia. Mas ela nunca tinha reparado que por baixo daquele dinheiro histórico estavam (amassadas pelo tempo e talvez pelo esquecimento) algumas fotografias instantâneas de sexo explícito que ela devia ter tirado com algum antigo amante.

No dia em que eles resolveram morar juntos, puseram fim a três anos de um noivado errante e desorganizado, onde cada um circulava por cidades e países diferentes. Escolheram a cidade e alugaram um apartamento sem pensar muito na faca de dois gumes dessa história de conviver. Desembrulharam utensílios e enfeites decorativos que tinham ficado embrulhados durante anos nas casas de seus pais e com esse gesto marcaram o fim de duas variações de um mesmo nomadismo. Começaram logo a trabalhar e o que não conseguiram arrumar ficou guardado para mais tarde. E foi nesse "mais tarde", quando estava de férias e às vésperas de comemorarem um ano da bandeirada inicial do casamento, que ele encontrou aquelas fotografias que dinamitaram seus alicerces.

Quando examinava o nome, o desenho, as cores e a nacionalidade daquelas relíquias imprestáveis, de repente identificou a textura acetinada e escorregadia do papel que atiraram contra ele pedaços de pele incompletos e quadrados fugazes de carne que sugeriam o pior. Reuniu-as alinhando pelas margens, para que só pudesse ver a primeira: ela de costas, nua e solitária, sentada numa praia. Tinha alguns quilos a mais, o que lhe causava certa confusão para localizá-las no tempo, pois o mais comum é as pessoas engordarem com a passagem dos anos. Ficou angustiado e desnorteado, a mão que segurava as fotos começou a tremer, o coração subiu até a garganta, já quase saindo pela boca. O melhor era não vê-las. Deixá-las ali. Ou entregá-las. Ou queimá-las, sem entregar. Por que ela as tinha tirado? De que época seriam? Deu um tempo. Ficou matutando. As palpitações continuaram remexendo-o por dentro e por fora. Devolveu as fotos ao envelope e à prateleira. Respirou. Esforçou-se para que um pouco de ar entrasse em seu corpo. Sentia-se como se um peso de chumbo estivesse aninhado em seu peito e exigisse um esforço incomum do diafragma. Depois, voltou a elas, e começou a examiná-las. Nenhuma era tão sutil, silenciosa e solitária quanto a primeira. A partir daquela capa improvisada, pseudônimo de todas as outras, a maioria dos ângulos se tornou fechada e próxima. Com pouca luz ou movimento, o foco ia ficando mais fraco à medida que se confundiam duas carnes afins e monocromáticas. Quem tinha acionado o disparado, desprovido de qualquer perspectiva espacial, sabia que aquelas fotos só poderiam ser compreendidas em conjunto. Sem procurar muita delicadeza nem astúcia ao dirigir as tomadas, aquele cronista primitivo que era ao mesmo tempo ator, diretor e produtor de sua coleção gráfica devia estar preocupado, no máximo, em registrar a lembrança desordenada de duas peles suarentas e emboladas num código que só ele conseguiria decifrar. Depois vinham nus solitários, mas com enquadramentos melhores. Depois que os corpos haviam esfriado, tinham se dado o trabalho de organizar uma sequência coerente sobre a areia cristalina de alguma praia deserta. Em pé, de perfil, de costas e com o rosto inclinado, de costas e olhando o mar: essa pose, repetida, devia ser a sua favorita. A coleção terminava com duas fotos completamente diferentes das anteriores. Agora havia cor e preocupação com a direção artística, embora o conteúdo fosse uma energia congelada no segundo anterior ao movimento. Já no antípoda do verão praiano, com cachecol e roupas de inverno, ela se despedia (ou ele deduziu que se despedia, porque apenas o beijava) de um homem muito mais boa-pinta do que o anterior. Estavam num aeroporto. Desta vez, uma terceira pessoa devia ter tirado a foto que, pelo estilo, bem poderia ser de um Robert Doisneau.

Como dentro de poucos minutos estavam planejando comparecer a um jantar, ele pensou que talvez pudesse conter o impacto e guardar sua reação até um outro momento. Mas, por conta do rio de impressões e reações que atropelam a vontade, pensou que seria impossível para ele esconder os batimentos do coração que o sacudiam todo. Talvez as náuseas logo o trairiam. Caminhou até a sala do apartamento, onde a encontrou recostada no sofá, com o laptop apoiado na barriga e apoiado nas coxas. Quando o viu chegar, pediu que se aprontasse.

– Vamos sair daqui a quinze minutos – avisou, sem tirar os olhos da tela.

Ele se aproximou em silêncio e parou ao lado dela. Queria disfarçar a tremedeira das mãos, a fraqueza da voz, a ferida recente que ia se consolidando entre o osso esterno e a coluna. Acabou se enchendo de coragem e falou: lembrou-lhe que tempos atrás ela tinha lhe dado de presente a coleção de notas de dinheiro. Embora ele tentasse manter um tom neutro, seus olhos esfogueados fizeram com que ela erguesse o olhar e adivinhasse o rompimento iminente da represa que viria para cima dela.

– Pois isto estava junto com as notas – continuou ele, estendendo-lhe as fotos.

Quando ela as recebeu, seu rosto ficou pálido e suas feições se desfiguraram. Conferiu a primeira com os lábios entreabertos e uma expressão de surpresa, mas já na segunda reconheceu a coleção e percebeu que não precisava ver todas elas para confirmar que tinha acabado de cravar uma estocada no relacionamento. Quis falar alguma coisa, mas não soube o quê. Ele também já não estava esperando nada. Ela argumentou que ele não deveria ter visto, e ele respondeu que ela mesma as tinha entregue em suas mãos, um ano antes. Quando ela tentou uma nova réplica, ele a calou com um gesto e foi se trancar no escritório.

No fim das contas, diz ele observando-a com firmeza e atenção, a política é a forma como os seres humanos se organizam para coexistirem. Tem as mãos frágeis, os dedos finos e alongados, as unhas bem pequenas, incolores, cortadas rentes aos dedos. O que são todas as teorias políticas, a não ser formas de coabitar sem que as pessoas vivam perturbando umas às outras? Os olhos azuis, de um azul tênue, uma íris pálida para pupilas acesas: a única coisa que não vai envelhecer nesse rosto perfeito, privilegiado pelo acaso das formas simétricas. É claro que perturbar os outros também é uma forma de coabitar, talvez a mais comum no mundo, a que demonstra maior pobreza intelectual. Se o cérebro não controlar as paixões, como Sócrates já advertia, vamos nos tornar prisioneiros de nossos apetites e não de nossa razão. O caderno de espiral está dobrado nele mesmo, as bordas das páginas têm muitas cores, uma para cada curso, a folha central está em branco, como ela, vazia e na expectativa, mas ansiosa por tudo o que está se preparando para receber; desde as tribos do Congo que enterram lanças uns nos outros, porque são incapazes de chegar a qualquer acordo, até as sociedades aparentemente mais civilizadas, onde o capitalismo selvagem deixa que pessoas morram de fome aos pés daqueles que não conseguirão gastar seu dinheiro em várias vidas, e onde a anarquia e o desgoverno são a regra. A regra que segura o lápis que ela desliza com seus dedos de menina e que agora lhe permitem sublinhar o título. É sua primeira aula de política no ano, já é uma verdadeira moça de faculdade. O antebraço magro e dourado pelo sol de um verão intenso é um terreno fértil para alguns pelos louros, curtíssimos e alinhados que continuam pelo braço e vão sumindo no ombro, um ombro arredondado e discreto que combina perfeitamente com a cava debruada de uma blusinha sem manga. O "estado de natureza" de Thomas Hobbes, o poder do forte sobre o fraco, é a estrutura política mais comum ou, o que é mais deprimente, o fracasso da política, que representa, no fim das contas, o fracasso da inteligência e da empatia de conseguir compreender que o outro ser humano precisa cumprir uma agenda existencial *igual* à nossa, e não *ao custo* da nossa.

Ela escreve, ergue o corpo para a frente e o movimento ajeita um decote em V que encobre uns seios firmes e crescentes – porque tudo é firme e crescente nessa idade. Não importa para onde se olhe, as ideias de civilização e de respeito mútuo são no fim das contas, uma enteléquia, só isso. Uma o quê, professor?, seus lábios são estreitos e firmes; uma enteléquia, um produto mais da mente do que do corpo, uma coisa que existe na sua cabeça e não no mundo real, responde ele, porque o único mundo real agora é ela, o das pernas fortes que uma bermuda bem curtinha deixa à mostra, o das panturrilhas inquietas e que não param de se mexer, mudando de posição toda vez que ela encolhe e estica seus músculos. Ele observa as pernas e pensa: essas perninhas hão de viver muitos anos, percorrerão e serão percorridas. Para onde quer que olhem, não apenas no Ocidente aparentemente mais civilizado, vocês encontrarão o rastro da barbárie. Se não forem os árabes e judeus que se matam e voltam a se matar, são os hindus e muçulmanos que tocam fogo uns nos outros sempre que podem, em Caxemira ou Gujarat; ou os sérvios e os croatas, ou os ucranianos e os russos. Aqui, só para não irmos mais longe, vejam as matanças que enfrentamos em Bagua há bem pouco tempo. Pode ser que a gente encontre sociedades que tenham conseguido formas de convivência mais pacíficas, sim, onde a barbárie seja a exceção e não a regra, sim, mas é preciso conferir se se trata de consensos legítimos ou simplesmente armistícios hipócritas. Fúrias controladas que aparentemente souberam fazer concessões mas que na verdade continuam sendo ameaças potenciais e de um momento para o outro... zás!, afloram.

O rosto assustado e desprevenido lhe pergunta com as sobrancelhas e com os olhos: o que é que aflora?, como se aquilo realmente lhe interessasse, porque as garotas como ela, pensa, não se interessam por política. É um preconceito muito bem justificado: sua situação é perfeita, sua vida é perfeita, sua espécie é perfeita; têm dinheiro, famílias influentes, um pouquinho de inteligência e um caminhão de beleza, tanta que poderiam procurar o homem que quisessem. Com tudo isso, garantir a própria sobrevivência será uma questão de simples tramitação, porque ela estudará o que quiser, trabalhará onde quiser e se o dinheiro depender disso, porque virá dos pais ou por herança, quando os pais já tiverem partido. O que mais se poderia pedir da vida? Sendo assim, quem vai querer refletir sobre a ordem do mundo, das pessoas ou da sociedade? Sendo assim, quem não há de ser um porra de um conversador que quer congelar o mundo para que nem um mosquito altere a entropia inexorável do sucesso?

Preparou um uísque puro, com três pedras de gelo enormes. Continuou arrumando as estantes do escritório enquanto esperava que seu ritmo cardíaco voltasse ao normal. Sentia uma fúria desconhecida. Devia ser alguma coisa bem primitiva na escala do ódio, mas desproporcional diante do impacto visual daquele espetáculo gráfico. Percebeu que mais cedo ou mais tarde acabaria se acalmando; que a razão, como tantas vezes em sua vida, iria aplacar a fúria advinda de traumas que sempre parecem muito piores do que são. Identificou, por alguns traços das fotos, que pelo menos a maioria delas tinha sido tirada há quatorze anos.

Para que alguém guarda fotografias durante quatorze anos? Que outro motivo haveria a não ser o desejo de revê-las e deleitar-se com elas periodicamente? Mais do que as guardar durante quatorze anos, tinham sido guardadas *ao longo de* quatorze anos. Quer dizer, tinham sobrevivido todo esse tempo, voluntariamente ou não. Que tivessem se perdido num lugar como aquele não deixava de ser um ponto a seu favor, na medida em que não era uma fonte de excitação à qual ela recorresse com frequência. Pelo menos desde que estava com ele. Mas o fato de que tivessem chegado às suas mãos, de moto próprio, transformava-as naquilo que a psicanálise conhece como "ato falho": desejos ocultos do inconsciente que despertam a memória reprimida que subjaz no nível consciente, com o objetivo de enviar uma mensagem. Mas qual seria a mensagem que ela queria lhe mandar? Ainda que a teoria psicanalítica estivesse certa neste caso, que por enquanto se apresentava como um ato falho de manual, será que ele conseguiria decifrar qual era essa mensagem simplesmente perguntando isso a ela? É claro – e nisso consistia a burocracia da psique humana – que uma pergunta consciente nunca faz o inconsciente aflorar e, portanto, a pesquisa estava restrita ao território íntimo compreendido entre ela e o divã. Pensou que talvez devesse ouvir suas explicações, embora fosse bem provável que ela não tivesse nenhuma explicação, nem vontade de dá-las, caso tivesse alguma. E ele? Deveria pedi-las? Que explicação ele poderia pedir, e com que objetivo? Por si sós, as fotos já eram bastante explícitas para ele querer alguma explicação sobre o que estava acontecendo nelas. Na verdade, aquilo era o de menos, porque uma pessoa sabe o que é que aconteceu, por mais devastador que seja verificar com os próprios olhos o que a mente já admitiu. A questão não era lhe perguntar o que ela fez ou deixou de fazer com seus antigos amantes, e sim: por que ela se fotografou ou se deixou fotografar? E, mesmo assim, aquele era um assunto que não devia ser da conta dele. A única coisa que ele precisava saber para aplacar sua fúria era por que acabaram chegando às suas mãos sem que ele tivesse bisbilhotado em locais que não lhe pertenciam.

Por volta da uma da manhã, sentiu-se cansado. Tomou uma chuveirada para aplacar o calor do verão ou das fotos e foi se deitar. Ela tinha ficado na sala, coberta com uma manta de avião. Ele demorou a dormir e duas horas depois acordou. O calor tinha aumentado, tanto quanto sua fúria. Teve um sonho em que uma mulher num bote lhe jogava um salva-vidas, embora ele, na água, não estivesse se afogando. Levantou-se e foi até a sala. Encontrou-a dormindo numa posição que deveria ser incômoda para os ossos e músculos, embora ele não tivesse notado, devido ao cansaço. Não tinha travesseiro, o sofá era estreito e a textura do pedaço onde seu rosto estava encostado era áspera. Aproximou-se dela e a acordou: vamos para a cama, disse para ela, você já passa todas as noites da semana dormindo pouco e mal. Não quero que tenha outra noite ruim por culpa minha.

Mal acabou de falar, ele se deu conta do que tinha dito. De fato, ela tinha estado trabalhando em jornadas de doze a quatorze horas para concluir uma proposta que precisava enviar ao promotor da ONG onde trabalhava. Isso a obrigava a acordar involuntariamente às cinco da manhã durante a semana e a se deitar depois da meia-noite. Inclusive nos domingos ela não conseguia dormir mais tempo. Ele sabia de tudo isso, porque vivenciava de perto, mas em nenhum momento havia pensado assim até que se flagrou dizendo. Ao mesmo tempo ele se deu conta de que sua reação era oposta, ou no mínimo contraditória, em relação à fúria que as fotos tinham despertado nele. Queria castigá-la, infligir-lhe algum tipo de punição que o compensasse pelo golpe que tinha acabado de receber, fazê-la sofrer, se não no físico, ao menos no emocional. Abandoná-la, fazê-la acreditar durante alguns dias que o relacionamento tinha ido para o espaço. Pelo menos, fazer com que ela se sentisse culpada. Mas não: agora ele estava indo lhe pedir que viesse dormir na cama, sugerindo que o que ele queria, no fim das contas, era tê-la perto.

Esperou que ela se deitasse para girar o corpo até lhe dar as costas. Ela, talvez amparada pelo salvo-conduto que tinham acabado de lhe dar, tentou tocá-lo sob os lençóis. Começou com os quadris, continuou com o ombro e chegou até a cabeça. Era uma sondagem, para ver em que terreno estava pisando e o tempo todo esperou uma reação. Ele queria se virar, abraçá-la como todas as noites, encaixar-se naquele corpo magro e sentir sua cartografia óssea revestida por um pijama de algodão. Enrolar-se em conchinha e sentir o doce correr de seus dedos por seus cabelos lisos. Mas também queria lhe cobrar pela sua tristeza, exigir alguma explicação que o acalmasse. Esfregar em sua cara, com todas as letras, que o que tinha acontecido não era uma negligência menor. No entanto, quando sentiu a mão dela roçando sua orelha, sentiu uma pontada interior: um estrondo percorreu todo o seu corpo e o fez pensar, caralho, o quanto a amava. Era uma descoberta, depois de tudo aquilo: amá-la a ponto de ser incapaz de lhe causar algum sofrimento, nem mesmo o de passarem uma noite separados – aquela noite, especialmente – para marcar os golpes do outro no quadro-negro das brigas domésticas.

– Estou me sentindo como se você tivesse me enganado – disse ele, finalmente, sempre de costas –. Eu sei que não é este o caso – adiantou-se, antes que ela disparasse alguma coisa –, mas é assim que estou me sentindo.

Ela não respondeu logo, mas depois ressaltou para ele a diferença entre uma infidelidade e o lembrete gráfico de uma coisa que tinha acontecido quatorze anos antes, quando eles ainda nem se conheciam. Ela entendia, claro, que ele estava falando de um estado de espírito, de emprestar ao presente algum antigo dissabor de vidas passadas, mas sabia também que às vezes a memória consegue ser mais inflamável do que a própria realidade.

Conversaram. Discutiram sem levantar a voz. Ele exigia algum tipo de explicação, alguma história, algum argumento, alguma coisa que lhe desse sossego: para que imortalizar momentos que em si mesmos são mortais, se não for para desejar que eles se repitam? Para os reviver na imaginação? Por que merda de motivo você teve que guardar essas fotos? Pior: por que ele precisava vê-las, por que tiveram que chegar às mãos dele? Ela soltava as respostas num tom neutro: sabia que era culpada por tê-las entregue a ele por engano, mas não queria se expor tanto, dar corda para que ele a enforcasse. Pelo contrário: calculava o volume, as palavras, a cadência, e nessa modulação dava respostas vagas, mas que talvez justamente por isso pareciam verdadeiras: não sei por que foram tiradas, não sei por que eu as guardaria, não entendo como elas tinham que aparecer. A única coisa que eu posso lhe dizer – argumentava, apertando-se contra o corpo dele, lutando contra suas costas teimosas e sua dor interior – é que elas não significam nada, absolutamente nada. Disse-lhe também que tinha certeza de que quando elas foram tiradas também não significaram muito e que as guardou mais como uma brincadeira, uma ousadia juvenil, do que como uma atitude séria. E, se naquela época significaram pouco, pois agora menos ainda. Ele se ajeitou, ficou de barriga para cima, o que para ela significava uma vitória parcial. Um raio de luz entrava no quarto por alguma fresta das cortinas, o que mal deixava ver a sombra dos corpos.

– Está percebendo – argumentou ele – que, se tivesse sido infiel a mim, você iria me dizer alguma coisa bem parecida? Quer dizer, se fosse uma infidelidade meramente sexual, não caberia também esta mesma justificativa?

– Acontece que não é...

– Shhh! – interrompeu-a –. Não estou dizendo que seja uma infidelidade. Sei muito bem que não é. Só que a justificativa que você está usando... não funcionaria também no caso de uma infidelidade? O fato de não significar nada em relação ao amor, à vontade e até ao desejo que uma pessoa sente por outra... torna a coisa mais leve? Você já se perguntou o que é que na verdade dói numa situação assim?

Ela ficou em silêncio. Ele pensou nas diversas vezes em que tinham discutido em viagens turísticas pela vontade dela, de tirar uma quantidade enorme de fotos, já que para ele o exercício de fotografar era uma tentativa de fuga, uma forma velada de estar ausente. Retirar-se da cena principal, que é a vida real, e adentrar uma outra cena irreal que procura montar uma crônica dessa realidade presumida. Mas essa realidade presumida acaba se tornando uma irrealidade, ou pelo menos uma nova realidade alterada, porque o ato de tirar a fotografia passava também a fazer parte da realidade, o que tornava tudo um pouco absurdo. Ou mais do que um absurdo: transformavam a experiência numa metaexperiência, que não era mais a experiência que estavam vivendo. Ela costumava encará-lo com seriedade e gentileza até que ele concluísse sua dissertação e depois, irreverente e risonha, ajustava as lentes da Canon profissional e pedia que sorrisse para a metaexperiência que ela queria levar de recordação. Porque depois nós as olharemos e vamos recordar estes lugares, dizia para ele, e talvez voltemos a nos sentir bem da mesma forma. Bem da mesma forma?, pensava ele. Como se pode substituir o espaço multidimensional da realidade por uma simples tomada estática e parcial? Como é que se podia pedir ao corpo que, através de uma imagem congelada de um instante do passado, revivesse o que todos os seus sentidos tinham experimentado naquele momento? Era um pedido um pouco indecoroso para os sentidos, é verdade, mas em meio a tudo aquilo ele lhe concedia alguma razão. Ele não tinha sido capaz de reviver algumas vezes, pelo menos de forma remota, um cheiro, um sentimento ou um pensamento, através de uma fotografia? O ponto a seu favor era: se era uma questão de recordar, as fotos eram uma aproximação frágil, mas eram alguma coisa, melhor do que nada. Deixaria ela tirar aquelas fotografias para depois ter uma janelinha minúscula para um passado que desejaria rememorar sempre que pudesse? Era uma espécie de teste para os sentidos, quantos e o quanto deles podiam ser reativados diante de uma imagem?

– Gostaria de estar no seu lugar e ter sido eu quem tivesse encontrado fotos suas – disse ela, quebrando o longo silêncio –. Gostaria que isto tivesse acontecido comigo e não com você. Sei que doeria muito menos em mim do que está doendo em você.

Ele não respondeu, mas pensou que ela tinha razão. Sabia que, se fosse ao contrário, não teria doído tanto nela. Virou o corpo mais um pouco até ficar de frente para ela e finalmente resolveu abraçá-la, sentir o contato de todo o seu corpo, segurar seus ombros com força, como se fosse agarrá-la e atirá-la, pegar os cabelos por trás da nuca para impedir que escapassem, esfregar os dedos pela sua cintura como se quisesse desmanchar uma tatuagem que ela tinha e aproximá-la mais, pegá-la para que ela sentisse a ereção furiosa que o estava devorando, arrancar agora seu pijama de qualquer maneira, beijá-la sem cuidado. Procurá-la, lubrificá-la, penetrá-la, sentir seus gemidos abafados e fugazes. No entanto, antes que pudesse se reconhecer na cena, sentiu um choro lancinante.

— Calma, vamos, garotinha, calma, não está acontecendo nada — afasta-se ele, solta-se do corpo dela, deixa sua testa, coloca seu rosto contra o peito, tentando acalmá-la. Sente que causou algum sofrimento a ela, mas não sabe de que forma. Continua beijando sua testa, as têmporas, o cabelo alvoroçado. Não faz nenhuma pergunta a ela; assume a obrigação de lhe devolver a estabilidade que deve ter lhe tirado.

— Senti sua raiva — justificou-se ela com uma voz abafada — e me assustei.

Depois de longos minutos de um novo silêncio, deitados de barriga para cima, feridos e recuperados, juntos como siameses com o olhar perdido no teto e no vazio, ela o abraçou, voltaram a se colocar cara a cara, começou a beijá-lo com uma lentidão que marcava um novo ritmo. Agora precisava transformar sua fúria em carícias dóceis e tímidas, em beijos lentos e indecisos. Agora poderiam fazer amor como se tivessem acabado de aprender como se faz, entregando um ao outro aquilo que eram e o que tinham, e não o que quer que fosse que ele estivesse sentindo que o arrebatavam. Minutos depois, estáticos e aliviados, ele disse a ela, com os olhos fechados e com o perfil da cabeça afundado no travesseiro:

– Você nunca foi ciumenta, não é?

– Nunca tive motivos para isso.

– E se um dia eu tivesse alguma coisa com outra mulher, se fosse só sexo, doeria em você?

– Claro que sim. Nunca é só sexo.

– Mas vamos imaginar que fosse. Puro contato físico.

– Isso seria transar com uma puta, está querendo isso?

– Não necessariamente. Uma puta é preciso pagar. Para uma amante não precisa, uma aventura também não.

– E é isso o que você está querendo, uma aventura...

– Sei lá. É porque sempre fico espantado de saber que isso não a incomoda. E claro, acho que se algum dia tivesse um caso com alguém, um caso que realmente não signifique nada, isso não a afetaria.

– É melhor nem tentar – disse ela, voltando a colocar sua cabeça sobre o peito dele, e foram caindo no sono com os primeiros raios do dia.

Afloram as vísceras!, diz ele intempestivo, imprevisível, olhando para a turma como se, só agora quando precisa dizer uma coisa suja, ele se lembrasse de que ela não é a única aluna. Vaza toda a bosta que carregamos nos intestinos! Eleva o tom de voz, fica emocionado. Basta você ver a França e a Holanda – diz para o estudante que está atrás dela, para que ela o observe sem que ele precise observá-la –, o Reino Unido ou os Estados Unidos, sem ir muito longe: tanta tolerância, tanta abertura das cabeças, mas quando os imigrantes ameaçam as direitas radicais, se tornam mais populares do que nunca. Como é que vocês veem esse sermão? "Eu o tolero enquanto não se aproximar de mim", hein? O que é que causa isso?, pergunta ela, talvez consciente de que para ele é a única aluna da turma; as religiões?, diz, com o cenho franzido e o olhar de expectativa. Vamos, menina, derrube meus preconceitos, diga-me que você é diferente de todas as da sua espécie, pensa ele. Em parte, em grande parte, talvez sejam o motivo mais relevante para a barbárie, mas não podemos jogar tudo em cima das religiões: no fundo, elas são uma manifestação de um problema mais geral, que é a intolerância. O dogmático não dialoga, não negocia: impõe. E se, entre dois, um não dialoga, enrolou tudo e não se chega a nenhum consenso. As religiões são dogmáticas por questão de gravidade, é verdade, mas algumas são mais tolerantes do que outras e, o que é o mais importante para se levar em consideração, elas não são as únicas fontes de dogmatismo. O que tem a ver com a religião o que aconteceu aqui perto, em Bagua?, pergunta um aluno no fundo da sala, um que diz estamos aqui, existimos. Excelente, pensa ele, boa pergunta, felicita-o: ali a religião não dá as caras, mas o problema é um exemplo de dogmatismo com incompetência. Veja bem, tudo começa na convicção de que as coisas só podem ser feitas de uma forma. Você bloqueia a estrada e eu mando a polícia em cima. Se A, então B, e só B. E a política não é isso, a política é justamente criatividade, invenção, misturar alternativas, criar opções inusitadas para resolver os problemas que aparecem todo dia. Recorrer à experiência do passado ou de países semelhantes. Mas com o dogma não se pode fazer nada, segue-se o manual ao pé da letra e para isso basta ter ministros autômatos. Porque a ministra do Interior daquela época era uma pessoa muito limitada que seguiu o manual incitando o confronto. Não viu o problema em sua grande magnitude nem se preocupou em compreender suas particularidades. Resultado: uma carnificina.

Começa um breve silêncio. Ele olhara para todo o grupo, mas no canto do olho está ela, inquieta e atenta, flexionando o pé até a sola do sapato sobre a beirada de sua cadeira. Abraça com uma das mãos da perna dobrada e com a outra segura a lapiseira no ar, repousando o queixo no joelho. Perninhas inquietas, perninhas longevas. O senhor está sugerindo que às vezes não se deve cumprir a lei?, pergunta ela, atrevida, entusiasmada pelo desafio que ele começou. Aí está a questão, retoma ele enquanto a aponta com o dedo, você acertou na mosca. As leis devem estar a serviço da vida, e não o contrário. As leis são o resultado de uma boa política, são estruturas criadas para que todos possam viver melhor. Mas, se existe uma lei que põe em xeque esse objetivo, então precisamos mudá-la. A arte da política está justamente em fazer com que as leis estejam a serviço da sociedade, que ajudem e não atrapalhem. Ou seja, descumpri-las?, insiste ela, com a perna mais colada ao peito, o joelho querendo quase enterrar no pescoço. Veja este exemplo e tire você suas próprias conclusões: no Polo Norte os recursos são escassos, alimentar-se é uma odisseia, aquecer-se é mais ainda. Existem comunidades onde os velhos, quando já não podem contribuir na coleta de comida, são abandonados para morrer. Alguns dizem que são abandonados na neve, outros sugerem a ingestão de algum produto que provoque a eutanásia. A questão é que aquilo que para nós seria uma loucura e um crime para eles já se tornou um costume aceito e sobretudo necessário. Perguntem a si mesmos: e se amanhã, por uma mudança climática, Lima se tornar o Polo Norte? Preservar os velhos seria insustentável, teríamos que mudar nossos costumes para sobreviver: ou os deixamos morrer ou morreremos nós por não termos víveres para alimentar tantas bocas. A realidade imporia uma mudança de hábitos e as leis teriam que se moldar a eles. Quando podemos saber que uma lei já não serve para uma sociedade?, pergunta ela, teimosa: bem, garota, pense, você não é só mais uma no rebanho, você é o esteio do grupo. Feliz e miserável o homem que a persiga e a conquiste. Aí está a arte da política, diz ele, olhando seu relógio: o fim da aula se aproxima. Se o mundo muda, as leis devem mudar com ele. Fazer política é procurar a melhor maneira de resolver os problemas novos que aparecem todo dia.

E o que foi possível fazer em Bagua, então?, torna a perguntar a voz lá do fundo da sala. Política, responde ele, po-lí-ti-ca. Estratégia, inteligência. Prever, anteceder, negociar. Entender que cada caso é um caso e que aqui não se tratava de um grupo de delinquentes que bloqueavam a rodovia para assaltar caminhões e que era preciso reprimir com policiais. Existem casos em que podemos debater se uma situação é melhor do que outra, mas em geral promover uma matança humana não é fazer política. Não da boa ou da honrada, pelo menos.

E essas leis?, devem proteger a todos ou só as maiorias?, pergunta ela de novo para ocupar os últimos minutos, os pés já no chão, as pernas cruzadas, os joelhos montados um no outro. Ai, pernocas. A todos, em termos ideais, diz ele, as leis são para todos. É que eu pensei num exemplo, insiste ela, em cima do que você disse sobre os esquimós. Ah é? Sim, eu tinha ouvido que aqueles mesmos caras do Polo Norte têm um costume doidão, dizem que, quando chega um visitante, um viajante, digamos, e eles querem bajulá-lo, emprestam-lhe sua mulher por uma noite, para que no dia seguinte ele parta cheio de disposição. Muito bem, interrompe ele, que bom exemplo – como é travessa, pensa ele, quanta iniciativa esta criatura tem –, eis aí um caso de uma sociedade que encontrou sua forma de se organizar seguindo suas próprias regras, e com certeza funciona para eles. Ora, insiste ela descruzando e cruzando as pernas mais uma vez, as pernocas liberadas e o cérebro estimulado, mas o que aconteceria se um de nós, em Lima, quisesse aplicar essas regras? A lei o protegeria? Não faz sentido, diz um rapaz do fundo da sala, para isso os homens teriam que decidir pela mulheres para poder emprestá-las. Isso vai bem para o islã, não para nós. Sim, mas e se a mulher concordar porque está a fim, a lei a protegerá?, insiste ela, as leis peruanas promovem a família e condenam o adultério. Isso poderia ser visto como adultério. E quem irá questioná-la?, alega o rapaz. O marido? O mesmo que quis compartilhá-la? Não faz sentido, não é mesmo?

Estamos nos enrolando, diz ele para botar ordem, vamos recuperar a ideia central: seria muito difícil pretender levar uma vida diferente numa sociedade conservadora como a nossa, principalmente em Lima, de acordo com alguns cientistas políticos. Em vários aspectos, a Igreja católica meteu demais o nariz no âmbito político, mas vamos deixar isso para uma próxima aula. Leiam o texto que deixei no xerox para quinta-feira. Começaremos com o livro oito da *República* de Platão. Claro que faz sentido, sussurra ela, argumentando através das cabeças de seus companheiros para responder a seu crítico, agora eu vou lhe explicar, lá fora, diz ela com uma careta. Ele a vê parar, guardar os cadernos de espiral, a lapiseira e a pequena régua, botar a mochila no ombro, ajeitar a blusa, erguer a mão no ar para se despedir, desenhar um sorriso curtíssimo, rotineiro e de repente genuíno, dar as costas para ele, deixar a ele o avesso das pernocas que agora dançam com desenvoltura. Perder-se na multidão, trazê-lo de volta à realidade.

Nas três semanas de férias que se seguiram ao episódio das fotos, a raiva foi se diluindo. Diminuiu, mas não desapareceu. Durante uma parte dessas três semanas ele fez uma coisa que não fazia há muitos anos: acampar na praia. Ele e sua barraca minúscula, uma semiesfera em forma de iglu, um guarda-sol, uma cadeira, uma mesa para um prato só e uma bolsa térmica para comida com um gelo industrial que ia sumindo com a mesma lentidão de suas lembranças. Era o lugar perfeito para descansar. Um mar de ondas arrebentando e revoadas de gaivotas estridentes e cortando o eco do vento eram toda a companhia que ele tinha. O paraíso, sim, a melhor terapia de isolamento antes de retomar as aulas na universidade. A ausência de outros seres humanos numa área de muitos metros torna o lugar e o momento perfeitos para retirar a mente da mundanidade cotidiana, para escapar do cardápio de nossas mesquinharias e encontrar-se com alguém muito parecido com a própria pessoa, ou com quem se acha que seja a própria pessoa. Talvez seja a única maneira para continuarmos ouvindo nossos batimentos quando tudo parece ter voltado à normalidade.

Agora ele examinava sua vida e as fotografias vinham à sua mente com uma certa frequência. Antes que ela as atirasse no picador de papéis, ele tinha lhe pedido para vê-las pela última vez. Tinham discutido, mas ela, que guardou o envelope desde a manhã seguinte à noite em que ele as mostrou a ela, não tinha concordado em emprestá-las. Disse-lhe que tornar a vê-las era um masoquismo insensato, por isso ele, às escondidas e no meio da noite, intuindo corretamente os esconderijos que ela usava, deu-lhes, agora detalhadamente, uma segunda e última olhada.

O acasalamento disforme e repetitivo do primeiro lote tinha perdido a importância. Talvez a mente distorça muitas imagens e exagere na lembrança o que na verdade é muito mais mundano. Depois de terem brilhado em sua cabeça por mais de 24 horas, as imagens tinham se tornado menos dolorosas. Desta vez, descobriu quem era o indivíduo. Nenhum amante passageiro: um namorado formal da juventude que ele conhecia, pois ela os apresentou em alguma reunião e depois tinham se esbarrado em espaços públicos. Identificá-lo deixou-o tranquilo. Não só eram a confirmação absoluta de que as fotos tinham mais de uma década como além do mais ele podia ter a certeza de que não se tratava de um super-homem avantajado de cujas virtudes ela sentisse saudade. Pelo contrário, era um sujeito anódino, agora casado, que ela tratava com a distância de um amigo de infância e com a superioridade de um mascote. Passou depois aos nus solitários e pensou que aquela em que suas costas ocupavam o primeiro plano diante de um mar azul mediterrâneo poderia ser uma boa capa para um livro. Não existia um Dali assim, com as costas de Gala?

As fotos que lhe trouxeram novas preocupações foram essas últimas de tom inofensivo – o beijo de Doisneau – onde aparecia beijando aquele homem boa-pinta de cabeleira rala e barba loura. Era Pablo, que dúvida poderia haver, claro, Pablo, agora Paolo para os italianos, o amigo gay, o amigo íntimo que morava em Florença e que ele tinha acabado de conhecer no começo desse verão, quando veio de visita a Lima. Um cara fascinante: culto, criativo, sensível. Ia das novidades literárias até os clássicos gregos, estava atualizado em matéria de música e pintura: era curador de uma galeria no coração da cidade de Michelangelo. Um homem excelente que ele tinha adorado conhecer; aquela barbinha ruiva, o brilho nos olhos, a voz grossa com cadência feminina, quanto contraste: "o homem mais boa-pinta do mundo", falou para ela, risonho e entusiasmado, talvez com a generosidade do homem que reconhece a beleza em outros homens. Além do mais, era alguém que ela tinha apresentado como seu melhor amigo na vida. O que ela fazia, então, beijando-o em duas fotos? Beijando-o, sim, o amigo íntimo, boa-pinta e encantador mas gay. Era um ato simbólico? Um ato de amor, de amizade, ou de amor à amizade? Uma despedida naquele dia distante em que partiu para morar em Florença e que não podia associar a nada menos do que uma troca de salivas misturadas com lágrimas? Ou havia algo mais? Ou talvez se tratasse de um amor um pouquinho mais licencioso, um mais fixado em sua estética refinada, numa pluralidade irrestrita onde justamente aquela briga que ele sempre tinha comprado com tanto afinco – a de que o gênero não deve restringir a cosquinha da atração – tinha funcionado uma vez no sentido inverso, quer dizer, que o fato de ser gay não o tinha restringido de beijar sua musa, amiga, companheira e cúmplice. Afinal de contas, ela o havia acompanhado desde os anos de adolescente rebelde e atrapalhado com sua sexualidade indefinida até os dias de sossego e maturidade em que o autoconhecimento de suas preferências o tinham levado a migrar para a Itália para ver se, na cidade do Renascimento, ele poderia fazer renascer também suas vocações multifacetadas e organizar suas pulsões desveladas. O que era, então, um beijo, na intensidade daquele mar de afetos? *A kiss is a kiss... is a kiss... is a kiss.*

De quase nada valia ficar se perguntando pelo significado daquele beijo. Ainda que ela tivesse estado apaixonada por ele, agora Paolo era um homossexual assumido e confesso. E se tivessem tido uma curta vida sexual? E se ela tivesse sido justamente a pedra de toque que o fez se dar conta de suas verdadeiras preferências? Chegou à conclusão salomônica de que um dos dois, ou os dois, mentiam ao demonstrarem que ali só havia e tinha havido amizade. Ou, na falta disso, sem nada de turvo no meio – o que também era bem possível –, a teoria da sexualidade como espectro contínuo poderia ter alguma sustentação. Essa teoria, cada dia mais ampla, estipula que as preferências sexuais não podem ser um intervalo discreto: um interruptor do tipo liga-desliga. Não, o par homossexual-heterossexual devia ser um produto mais da publicidade, um subproduto do marketing que exige arquivos e rótulos independentes e excludentes, idealizados para fins comerciais. A teoria da sexualidade no espectro contínuo que ele estudava e reformulava, desde muitos anos, defendia que as preferências sexuais variam de um extremo ao outro, do homem à mulher, como o ponteiro do disco de um velocímetro que oscila ao longo de todo o semicírculo. Isso acarretava que qualquer um, ao longo de toda a vida, poderia ter atração pelo mesmo sexo ou pelo sexo oposto em proporções e intensidades variáveis. O que incluía, certamente, a possibilidade mais comum e propagada que abrangia a maioria dos casos: que o ponteiro permanecesse entrincheirado – às vezes por medo ou por erro e para o resto da vida – num dos polos.

Ela tinha dito a Pablo, meio de brincadeira e meio a sério, que para seu noivo "ele era o homem mais boa-pinta do mundo". Ela ria muito quando contou isso a ele, e Pablo – Paolo – erguia as sobrancelhas, punha um brilho nos olhos e passava a língua pelos lábios: tem certeza de que ele não joga no meu time, de que ele não se enganou de turma?

De repente a pergunta brotou: Pablo seria capaz de ter alguma coisa com o noivo de sua amiga da vida inteira? Ou melhor: Pablo seria capaz de se envolver com um homem que o atraísse ainda que se tratasse do noivo de sua melhor amiga? E se acontecesse na presença dela, será que ela consentiria? Não que ele quisesse ter uma experiência homossexual em abstrato, ou que o ponteiro tivesse uma intenção latente de se reacomodar, mas simplesmente porque Paolo tinha lhe parecido realmente "o homem mais boa-pinta do mundo", e embora no início isso não implicasse qualquer atração, agora, pensando que Pablo podia beijar uma mulher com a mesma versatilidade com que beijava um homem, tinha despertado nele o desejo de beijá-lo.

Em termos numéricos, é possível que o exercício da homossexualidade masculina esteja muito aquém de seu verdadeiro potencial. Vista de fora, ela está sempre prejudicada pela noção incômoda, falocêntrica e reducionista da penetração anal, como se a composição das partes condicionasse o roteiro na cama. E se não tivesse que ser necessariamente assim? E se esse fosse um ponto voluntário como todos os outros? Como é que ficavam as carícias, os beijos, os hálitos, os fluidos e tudo o que ele tinha vontade de fazer com Pablo? Com Paolo e com ela, pensou, claro, por que não? Sentiu-se tocado por uma revelação: um trio. Ou melhor: este trio. Embora soasse um tanto banal e idiota a palavra *trio*, mais como um capricho do que como um desejo sincero, certamente fazia sentido. Não se tratava de uma curiosidade adolescente nem de um estímulo para um número vazio, mas de um projeto com seres reais e específicos. Era isso o que ele queria: um trio com eles dois. Os três em cima da cama, suspensos sobre os joelhos, abraçados como um buquê de flores, explorando-se. Imaginava a interação, o cuidado com os revezamentos, a atenção equilibrada e necessária para não embromar ninguém, para não se sentir embromado por ninguém. Será que ele estava querendo se vingar das fotografias com este ato? Pretendia, de repente, incluir-se nelas com um ligeiro atraso de quatorze anos para diluir a raiva que sentiu ao vê-las? Não queria pensar mais. Se era por um atavismo subterrâneo que só a psicanálise conseguiria desenterrar ou se ela por um fogo repentino nascido da curiosidade ou do ciúme, pouco importava. O que importava era que a vida sexual com ela havia se tornado um pouco monótona e que isso iria confrontá-lo com uma terapia de choque. De repente aquele era também o verdadeiro motivo de sua ansiedade: vê-la com outro homem, vê-la excitada de fora, não mais com ele ou por causa dele, mas com um terceiro que ainda por cima eles iriam compartilhar.

Decidiu que num dos próximos dias, antes que suas férias terminassem, iria propor isso a ela. Por onde começar? Como começar? As fotos haviam sido uma espetadela, uma punção no ventre que tinha esburacado uma represa oculta cuja drenagem mal tinha começado.

Estou preocupado com nossa vida sexual, sabia?, diria a ela, como quem anuncia que a luz da sala de jantar queimou, não porque seja um grande problema, mas porque pode vir a se transformar em um. Que problema?, ela lhe responderia, espantada, consciente de que seus encontros semanais eram insuficientes para ele, mas que obedeciam a uma frequência inevitável imposta pela circularidade da vida de rotina.

Fazer sexo uma vez por semana, nas manhãs dos sábados, poderia ser uma grande façanha para um casal antigo, mas não para eles, vamos, ele lhe diria, você sabe que isso tem me deixado incomodado, abatido e mal-humorado. Mas sabia, também, que não era uma questão de jogar em cima dela a responsabilidade pelo desânimo, deveria lhe explicar que aquela situação era produto de um acúmulo de fatores. O dia a dia, certamente, mas sobretudo a falta de novidade. As convenções, as formas impostas pelos outros, nossa falta de referências externas e por conta de tudo isso nossa falta de criatividade.

– Professor! – ela o vê chegando à sala de aula. Está vinte minutos atrasado, vem suando e carregando seus livros e papéis do jeito que pode –. O que aconteceu?

– E o resto da turma? – pergunta ele depois de ver que as pernas mais perfeitas do planeta são as únicas que povoam a sala.

— Foram todos embora, pensaram que o senhor viria. É que depois de quinze minutos de atraso se dá como certo que não vai ter aula.

— Quinze? Mas se foram apenas dez... — olha o relógio, faz cara de surpreso, olha para o vazio como se se esforçasse para se lembrar de alguma coisa. Finalmente, larga os livros sobre a mesa.

O que está querendo dizer?, ela o olharia com um novo espanto, agora com uma careta mordaz. Que não inventamos para nós a vida que queremos, diria ele, muito determinado, que somos como são o resto dos casais, mas não o que nós queremos ser. Perdemos um pouco de autonomia em nossas vidas. Pois eu sou, sim, aquilo que quero ser, alegaria ela, inquebrantável.

— Que falta de paciência — ele diz, erguendo a sobrancelha —. E você?

— Bem, eu comecei a rever as leituras que o senhor mandou e, sei lá, nunca dei como definitivo que o senhor não viria.

— Pois eu deveria dar aula só para você e deixar que esses impacientes se virem. Não poderiam esperar mais uns cinco minutos?

— Fico feliz, professor, mas vão obrigá-lo do mesmo jeito a repor a aula, então é melhor dá-la uma vez só. Mas tenho algumas perguntas. Acha que pode respondê-las agora?

Você é o que quer ser?... Não dá para se ter tanta certeza sobre isso, advertiria ele. Lembre-se de sua amiga de colégio, aquela a quem o marido propôs que tivessem uma relação aberta: não lhe parece o caminho natural de todo casal? Que os dois se cansem dos mesmos corpos, das mesmas vozes, cheiros, gemidos? Todos chegam ao fastio e caem na necessidade de variedade e de renovação. Pelo menos por alguns dias, por uma noite. O marido de sua amiga pode ser o vilão do filme porque foi ele quem fez a proposta, mas, no fim das contas, tenho certeza de que ela também deseja isso. Gorda, caída e com um filho para amamentar, aposto como ela sonha acordada com alguém que a deixe de quatro e arranque dela um orgasmo que a faça voltar uns dez anos no tempo. Somos criaturas que raras vezes dizemos o que queremos.

– Sim, é claro – olha para ele, gesticular, dá uma olhada ao redor para se não vem ninguém, segura seus livros contra o peito como se fosse fugir de algum inimigo perigoso e lhe propõe que caminhem juntos até a cafeteria.

– Veja, primeiro tenho uma pergunta que não sei se tem a ver com as leituras que nos passou, mas sim com a última aula. É sobre a ideia de que cada sociedade possa criar sua própria ordem, suas verdades para seguir e nas quais deve acreditar.

– Sim – diz ele, enquanto avança pelo corredor olhando para o chão. Ao fundo, vê-se a luz rosada e pálida do entardecer.

– E se essas verdades estiverem erradas? E se essas convenções levarem as pessoas a cometer atos universalmente injustos?

– Quais, por exemplo? – pergunta ele agora olhando de frente.

– Como a extirpação do clitóris – diz ela caminhando a seu lado, apertando o passo para o acompanhar, procurando seu olhar.

De onde você tirou tudo isto?, perguntaria ela, franzindo o rosto, aonde está querendo chegar? Estou querendo dizer que não inventamos a vida que queremos dizer, insistiria ele. As fotografias despertaram dentro de mim alguma coisa que não consigo definir. Então era isso!, até que enfim!, colocaria ela, risonha e sabichona, seria melhor você ter começado por aí.

– Qual o problema com a extirpação do clitóris? – pergunta ele, finalmente virando a cabeça para olhar para ela, imaginando que entre aquelas pernocas intermináveis devia haver um clitóris completinho. Seria igual a todos os outros?

– Pois são consensos absolutos entre comunidades inteiras, com milhões de pessoas aceitando uma prática que ao mesmo tempo é uma selvageria, não é mesmo? Aí ninguém pode dizer que está correto o que uma sociedade combinou, por mais aceita que esta prática seja.

– Isto é uma selvageria, é verdade – dá razão a ela, enquanto solta seus livros e papéis sobre a primeira mesa livre que encontraram na cafeteria –. Vou pedir um café, você quer um?

Um mar turbulento, sim, desabafaria ele, um mar onde existe uma mistura de insatisfação com um pouco de dor, com um pouco de nostalgia. Por que você continua remoendo isso?, ela o encararia aborrecida, decidida a encerrar o assunto, já não lhe disse que não significam absolutamente nada na minha vida, que foi um erro, um desleixo permitir que elas ficassem perdidas entre aquelas cédulas de dinheiro que lhe dei de presente? Que no fim das contas não tem por que interessar a você o que foi a minha vida há quatorze anos? Eu sei, eu sei, não se altere, ele se defenderia, eu sei que a gente precisa aceitar a vida do outro sem fazer considerações a respeito, tal qual ela vem, mas tornou isso difícil, não me diga que não, eu nunca lhe pedi satisfações sobre seu passado e foi você quem me abriu uma janela para uma experiência um pouco... traumática, não acha?, concluiria ele. Traumática? É assim mesmo que você classifica isso?, diria ela, fazendo-se de surpresa. Bem, não vou dizer que isso vai me causar um trauma para o resto da vida, mas claro que é traumático ver uma imagem que, durante semanas, todos os dias aparece na minha memória. E o que é que eu posso fazer a respeito, então? As fotos já não existem: foram trituradas – gesticularia ela com as mãos –, também não existem na minha mente – apontaria a própria cabeça –, daqui elas foram trituradas há quatorze anos quando eu as guardei e esqueci. Mas ele não aceitaria isso tão fácil: só o consciente esquece aquilo que guarda, diria, o inconsciente não. O que você quer que eu faça, então? O que você quer me pedir, baixaria o tom, desesperada. Qual você quer que seja meu castigo para que você também apague essas fotos da sua mente?

– É aí que está o paradoxo da ordem política – esclarece ele com os dois cafés na mão.

– Onde?

– Em saber traçar a linha entre o diferente mas permitido e o que é completamente absurdo e selvagem. A autonomia é um bem precioso que é preciso ser conquistado, e ser construído. Você não pode pretender que uma criança seja autônoma. Na primeira oportunidade em que você a deixar sozinha, ela desabará. Por isso, para ser liberal é preciso ter um conhecimento mínimo do mundo em que se vive, algo que pelo menos lhe permita discernir.

– Mas nenhuma tribo incomunicável com as grandes cidades tem esse conhecimento – diria ela, astuta.

– Em parte isso é verdade, mas, atenção!, isso nem sempre é ruim, muitas delas criam sistemas de distribuição, de troca, de solidariedade entre eles que funcionam melhor do que os nossos e que devemos respeitar e às vezes admirar. Inclusive, se eles não funcionam como pensamos que deveriam funcionar, não temos por que julgá-los. Quem somos nós? Eis aí justamente os casos em que o ocidental letrado e hegemônico não deve se meter. Não deve trazer sua cultura e sua religião e as impor na marra.

– Como a maioria dos países europeus que colonizaram a América.

– Exatamente – diz ele, e pensa em como esta menina é esperta –. Mas, em compensação, existe também o outro lado, em que eu acho que vale realmente a pena intervir. E é no campo dos direitos humanos. A tortura, as matanças, etc. são práticas que devem ser proibidas de maneira universal, e a extirpação do clitóris é uma forma de tortura. Já imaginou, amputar o clitóris de uma menina com o objetivo de que nunca sinta prazer sexual na vida?

Quero que enfrentemos juntos os nossos medos, diria ele. Que inventemos a ordem de nossas vidas, aquela que os dois desejem para o nosso futuro. Que medos?, perguntaria ela, talvez com medo de qual seria a resposta. Bem, nossos desejos mais profundos, explicaria ele, aqueles que não compartilhamos justamente por medo. Por medo de perder o outro. E quais são esses desejos?, insistiria ela, afastando a cabeça porque sabe que receberá uma pedrada. Os mesmos que você tem, garantiria ele: ficarmos juntos e renunciar ao contato físico com outras pessoas. Então ela começaria a tremer, muito de leve, bem baixinho, apenas na pele: eu não quero me deitar com outras pessoas, cortaria ela, vulnerável. Mas eu sim, arremataria ele, e não tenho tanta certeza de que você não queira.

— Eu também acho que é uma brutalidade, mas me ocorre então uma dúvida teórica. Se existem milhões de muçulmanos que pensam assim, quem pode saber o que é certo e o que é errado? Aquilo que para um ocidental é terrível para eles não é. E vice-versa, é claro. E os judeus? Eles não têm outra forma de mutilação com a circuncisão? A pergunta é: quem decide o que está certo e o que está errado? Ou então é como a fé, simplesmente, que depende das crenças de cada um.

— Vamos devagar: não são todos os muçulmanos, mas um punhado deles estabelecidos no Saara oriental. A circuncisão não tem comparação, porque o objetivo é higiênico, não tem nada a ver com o prazer. Embora eu pudesse apostar que os circuncidados sentem menos prazer — bem, mas isso é outro assunto. Pois então, vai mais por aí, lamentavelmente. É um tipo de fé. Para nós, iluministas descrentes, liberais agnósticos e pós-modernos, amputar um pedaço do corpo para inibir o prazer é uma monstruosidade. O prazer é justamente um dos principais motores da nossa existência. Uma coisa que estamos sempre tentando prolongar e aprimorar. Mas para estas pessoas, não: é uma tradição que deriva de uma má interpretação do Corão.

— E o que podemos fazer? Deixar que ajam assim e fazer vista grossa?

Então você tem vontade e, ora ora, não me diga, diz ela como quem tateia no tabuleiro sem convicção. De repente isso não me afeta e podemos continuar juntos. Mas de repente sim. Este é o problema, reage ele, que eu realmente quero que a gente continue junto, nunca a trocaria por ninguém: só quero uma noite com outra mulher. Será apenas sexo, explica. Nunca é apenas sexo, ela o encara incrédula. Isso é o que você está dizendo, mas não é verdade, você não acredita nisso, desafia-a ele com voz firme. Agora ela fecha os olhos, arqueia o corpo como se fosse um sinal de interrogação que o obriga a prosseguir e ele continua: você se lembra daquela vez em que brigamos e estivemos separados por um mês? Que durante trinta dias terminamos oficialmente? Sim, claro que me lembro. Pois bem, lembra que você viajou naquele mês? Sim, como é que eu vou me esquecer disso? E você se lembra do que você levou nessa viagem, na bolsinha em que carrega seus comprimidos? Não, não me lembro. Uma camisinha, querida, está se lembrando agora? Sim, levei por levar, defendeu-se ela, até porque não a usei, não tive nada com ninguém, e se tivesse tido, enfim, eu já não estava com você, concluiu ela num tom cujo volume ia subindo. Exatamente, continuou ele, com uma pausa que convidava à calma, isso foi o que você me disse na época e eu não estou te recriminando nada: se você tivesse tido a oportunidade de usá-la, teria usado, e o que teria sido isso? Amor eterno ou sexo casual?

– Pois aí está o problema. O que podemos fazer? Não sei. Acho que nada. Intervenção humanitária? Pedir aos ianques que ponham suas tropas para perseguir todos os que cometerem estas torturas, considerando que eles sejam os salvadores do mundo? Não só eles não fariam isso, porque não há petróleo por trás dos clitóris das somalis, mas seria impossível apontar um objetivo concreto: a maioria dessas práticas é realizada de maneira informal em sessões caseiras.

– Você não perde o sono ao pensar nessas selvagerias que são cometidas no mundo, inclusive em lugares já identificados, e que ninguém pode fazer nada a respeito?

– Na verdade, não. A extirpação do clitóris, particularmente, não me tira o sono. Eu acho terrível e faria alguma coisa para impedir se estivesse ao meu alcance, mas daqui onde estou eu me sinto, em termos logísticos e geográficos, impotente. Já outras coisas me tiram de fato o sono: não poder imaginar uma vida autônoma que se aproxime daquela que se deseja viver, por exemplo. Me tira o sono eu me perguntar se serei ou não capaz de fazer aquilo que quero e acho que posso, sem que o resto das pessoas se sinta atingido.

– Como o quê?

Não, diz ela estoica, evidentemente derrotada. Só poderia ser puro sexo. Então, ergue-se ele, enchendo o peito, como é que nós ficamos?, você continua pensando que nunca é apenas sexo? Seus olhos se umedeceriam, suas mãos cobririam o rosto, as costas cairiam alguns centímetros como se tivessem colocado nelas uma mochila cheia de tijolos. Já não estou aguentando esta discussão, diz finalmente. Ele a pegaria pelos ombros e a abraçaria. Não se trata de ganhar a disputa com você, diria ele agora, suavizando a voz, nem de convencer você de um capricho a todo custo. Trata-se simplesmente de olhar um pouquinho além das nossas verdades cotidianas, de ser um pouco mais do que a média das pessoas.

– Como corresponder a minhas pulsões mais íntimas e mais primárias sem afetar o equilíbrio de minha vida atual. Algo assim como aprender a viver com minhas transgressões.

– Quais, por exemplo?

– Você quer detalhes?

– Bem, ou uma ideia geral.

– Pulsões de todo tipo. Desde as mais etéreas e sublimes, as artísticas por exemplo, até as mais carnais. Dedicar-se à escultura ou à pintura na minha idade pode ser um pouco estranho, talvez até absurdo. Se amanhã eu reduzir à metade minhas horas de aula, isso me obrigaria a me mudar de casa, mudar meus hábitos, etc. Seria uma forma de enfrentar meu *status quo*, minha ordem, a sociedade a que pertenço.

– E no carnal?

– O *como* é uma coisa que eu terei que ir descobrindo com o tempo. A única coisa que eu tenho clara é que existe uma necessidade de transgredir, caso contrário nós vamos nos tornando uma bomba-relógio por dentro.

– Mas é possível conviver com as transgressões? Não é uma questão de transgredir ou não? A monogamia não é assim? Ou você se atém à sua mulher ou escapa com outra? Existem meios-termos além de uma infidelidade?

Você sabe, ele lhe diria, tentando ser terno, que os casais seguem em frente porque inventam e escolhem juntos a vida que desejam ter. Visualizam o que querem e começam essa empreitada. Se coincidem numa boa, quer dizer, se acabam fazendo o que queriam fazer, é possível que permaneçam juntos. Se não, será mais difícil. Mas mesmo assim, todos os casais que conseguem ficar juntos no tempo é apesar de suas transgressões e não graças a elas, é porque controlam seus desejos e não porque os treinam. Tenho certeza de que um dos dois no futuro se sentirá atraído por outra pessoa. Então começarão as brigas, as mentiras, as escapadas, os silêncios. Toda essa grande incomunicação que é, no fim das contas, um erro cultural. Uma pessoa quer transar com alguém que apareceu em sua vida, mas o outro acha que o querem trocar então luta com armas e dentes até desfalecer. E no fim perde. E se separam, a pessoa vai embora com outro ou outra. E começa uma nova ordem que não é a ordem que os dois teriam desejado. Mas é claro que existem casos, acredite, em que duas pessoas se encaixam tão bem que gostariam de ficar juntas pelo resto da vida. Talvez aconteça simplesmente com os casais que são amigos, como nós, que gostamos das mesmas coisas, que convivem com as mesmas pessoas, desfrutam dos mesmos lugares, das mesmas leituras, brincadeiras, códigos. Por que não, então, dos mesmos amantes? Assim como as pessoas vão a dois tomar uma bebida num bar ou ver uma exposição, não poderiam ir a dois desfrutar de uma terceira pessoa?

Este não seria o equilíbrio perfeito para enfrentar a ferrugem do tempo?

– Veja, existe um lugar no Brasil onde é costume que os casais se permitam uma noite livre por ano. Mas não vai cada um por sua conta para um lado, não é?, na verdade eles se disfarçam e vão juntos a uma festa. O genial é que ela se disfarça dele e ele se disfarça dela. E durante o carnaval seus amigos fazem a mesma coisa. E aí a pessoa tem uma noite para desfrutar de qualquer outra pessoas que, ao mesmo tempo, usa um disfarce invertido e está protegido atrás de máscaras. Essa luxúria controlada me parece uma válvula de escape muito bem estruturada porque não se põe o casamento em risco.

– E onde você acha que vai encontrar um grupo de pessoas que queira brincar de carnaval?

– Não precisa ser um grupo de pessoas, basta uma única pessoa que esteja disposta para começar. Alguém com estas credenciais que seu parceiro queira compartilhar com você.

– Uma infidelidade consentida. Que deixa de ser infidelidade porque é consentida: um dia o casal oficial e no dia seguinte o outro.

– Ou simultaneamente.

Um terceiro?, perguntaria ela, agora talvez aliviada. Você está me propondo fazer um trio? Exatamente, diria ele com toda a calma do mundo, mas não com qualquer um. Tem que ser com um homem ou uma mulher com quem os dois concordem. Uma coisa esporádica, não uma rotina. Uma aventura numa viagem com alguém que a gente já conheça, com quem a gente se sinta confortável, de quem os dois gostem, detalharia ele. Existe essa pessoa?, novamente sua careta incrédula, como se tivesse agora que escolher um personagem para esse papel. Se o desejo existe, a pessoa existe, diria ele, de minha parte a única coisa que eu lhe peço é que sejamos capazes de enfrentar essa situação agora que somos jovens. Se deixarmos isto para mais tarde, já não seremos capazes. Já não conseguiremos compartilhar. Seremos derrotados e acabaremos fazendo isso na solidão, compartilhando com a gente mesmo e deixando o outro de fora. E eu não gostaria que isso acontecesse, realmente não gostaria. Por mais disparatado que possa parecer, se abrirmos esta porta agora, estaremos preparados para o futuro, saberemos o que fazer quando tornar a acontecer.

– Um trio? É isso mesmo, professor?

– Não vamos estabelecer um número. Se forem três, será alguma coisa circunstancial, alguma coisa assim como um "enquanto isso" até que sejamos quatro ou cinco.

– Mas... acha que existam muitas pessoas interessadas nesse plano?

– Mais pessoas do que você imagina.

– Sério? Não acredito, que mulher se entusiasmaria com isso? – sorri.

Pois eu não, diz ela constrangida com a conversa, mas inume à ideia de perder a calma, que diabos estas fotos fizeram com você que agora quer que a gente inclua um terceiro em nossa cama? Você ficou louco.

– Mulher? Eu não disse que precisa ser mulher.

– Sério? O senhor está me fazendo pensar em *O Jardim das Delícias*, professor. Conhece esse quadro? É uma orgia infinita.

– Infinita.

– Este ano eu vou a Florença, sabia? Em julho – sorri de volta, solta-se.

– Ah, é? Que maravilha, que privilégio conhecer Florença na sua idade.

– Sim, vou com meus pais, mas em Florença especificamente vou estar sozinha. Vamos viajar juntos duas semanas por vários países, mas como minhas férias de julho são de um mês vou ficar mais quinze dias na Itália, o que acha?

– Acho uma maravilha, acho que você escolheu o melhor destino para estar sozinha. Florença me encanta, vou toda vez que posso, tenho um bom amigo ali. Você tem onde ficar?

Não vejo a ligação entre as fotos e os seus desvarios absurdos e repentinos, insistiria ela. O que significam todos estes apetites inusitados? Desde quando você profetiza tudo o que vamos desejar no futuro e tudo o que fará com que a gente se separe? Por que você não olha o que tem hoje? O que somos hoje, e não o que seremos?

– Vou ficar em Roma, tenho uma amiga ali. Desses quinze dias, separo três ou quatro e vou a Florença, em algum albergue de estudantes, não me importa. Dizem que na Europa não tem problema.

– Não, não, claro que não tem. Posso falar com Paolo, meu amigo, para que ele recomende algum a você.

Com Pablo? Com Pablo? Você ficou maluco realmente? Fumou a pior droga do mundo? Que merda está passando pela sua cabeça para me propor um trio com Pablo? Você tem que estar brincando, não pode estar falando sério. Você vê uma foto em que estou beijando Pablo há quatorze anos e se sente no direito de me sugerir um trio com ele? Por acaso você não sabe que Pablo é gay?

– Quem melhor do que ele para acompanhar você e ver o *Davi* de Michelangelo, o Duomo, para ir ao Museu dos Uffizi. Se estiver livre, ele seria o melhor guia turístico que você poderia ter, você vai ver. E de repente até ele mesmo lhe oferece hospedagem, e acho que você não deveria recusar. Ficar na casa dele é parte da experiência artística de estar naquela cidade.

– E o senhor? Não pensa em ir até lá em julho? Será uma linda coincidência, mal acabamos o curso de política e nos encontramos lá, com seu amigo Paolo.

– Já tinha pensado nisso, sim, mas ainda não decidi. Seria um bom descanso e uma forma de começar uma nova etapa.

– Eu vejo o senhor como aventureiro, embora queira parecer muito certinho. Por que não pega seu saco de dormir e acampamos na sala com seu amigo Paolo? Com vocês, a experiência artística seria ainda mais intensa.

– Você acha?

– Com certeza. Sempre quis ir a Florença. Sonho em tirar uma foto com a Vênus de Botticelli, outra nas pontes.

– Você gosta de fotos?

– Elas me encantam. Estou pensando em tirar milhares.

– Melhor levar uma câmera filmadora, então.

– Não, eu gosto do estático, poder vê-las depois a todo momento. Um vídeo ninguém nunca vê. O senhor não gosta de fotos?

– Acho que elas às vezes registram mais do que deveriam. Preferia não levar câmera em nossa viagem a Florença, basta a sua. Certamente há uns sanduíches a uma quadra daqui, não está com vontade de provar?

– Sim, claro, vamos. E seu amigo Paolo, este italiano, fala espanhol?

– Ele é peruano: Pablo, mas lá é conhecido como Paolo. É um tipo excêntrico e fascinante, um curador de arte, muito boa-pinta, você vai ver...

– Ah, é?

– Sim, e já que estaremos lá temos que ir a Nápoles, quem sabe também até a Sicília, ali tudo são transgressões, sabia?

– ...

– ...

Alvoradas

alvorada
(Do latim *albor*, brancura, alvura)

1. s.f. Tempo de amanhecer ou raiar do dia.
2. s.f. Música ao amanhecer e ao ar livre para celebrar alguém.
3. s.f. Composição poética ou musical destinada a cantar a manhã.
4. s.f. Ação de guerra ao amanhecer.
5. s.f. Toque ou música militar ao romper da aurora, para anunciar a chegada do dia.

Real Academía Española [Real Academia Espanhola]
Todos os direitos reservados

O despertador tocou como um animal ferido e seu chiado distorcido percorreu minhas falanges direto até a medula e dali à pituitária. Aninhou-se ali, no centro do cérebro, e foi se espalhando como uma bactéria mal-intencionada até alcançar cada célula da minha epiderme. Que horas são?, perguntou-me ela. Meu cérebro se conectou ao mundo depois do estampido de sua voz. Sete e quarenta e cinco, respondi de memória, sem abrir os olhos. Ela se queixou, soltou uma reclamação gutural e me mandou tomar banho primeiro. Senti que seu joelho tocava minha cintura como se fosse o cano de uma arma. Não lhe respondi e mantive os olhos fechados. Depois encolhi a cabeça como se quisesse enterrá-la no pescoço. Afastei-me do travesseiro e fiquei encurvado como um feto no centro da cama. Eu primeiro?, por que mudar agora se ela sempre ia primeiro? Eu preciso do tempo dela no chuveiro para despertar, para construir laços com esse mundo ingrato que está do lado de fora da cama. Não, você primeiro, sussurrei para ela, rebelando-me com muita cautela e ajustando as pálpebras, com medo da minha ousadia. Vai você primeiro, insistiu ela num tom marcial e definitivo que me obrigou a capitular.

Pensei na apresentação que teria que fazer naquela mesma tarde. Iriam me atacar no terceiro ponto de meu ensaio, o que, por outro lado, constituía um dos últimos capítulos de minha tese de mestrado. Vão achar fraco e insuficiente o uso que faço da teoria do reconhecimento de Honneth. Que sacanas, pensei, não sabem nada de filosofia continental e mesmo assim vão cair em cima de mim. Vão me dizer para estruturar o texto analiticamente. O problema com estes acadêmicos é que eles se dizem multidisciplinares e se alimentam de inumeráveis perspectivas, acham que estão abertos a todos os olhares e a todos os autores que possam lhes dizer alguma coisa sobre seus temas, mas a verdade é que não estão. A verdade, melhor dizendo, é que eles vivem lendo sempre os mesmos referenciais, mumificados ou mortos, e todos aqueles autores que continuarem dialogando com estes últimos e acrescentando notas de rodapé. Quando alguém lhes traz uma ideia inovadora, mas que pertence a um autor que eles não conhecem, eles ficam perplexos, para dizer o mínimo. Embora alguém possa pensar que provir de uma fonte alternativa, onde os totens inevitáveis de sua tradição cultural não são lidos nem estudados, represente uma oportunidade de enriquecimento, eles sempre encontram um argumento para tirar da corrida aquele que não é visto como um possível membro de seu clube, e acabam desqualificando qualquer um que não faça parte de sua plêiade intelectual endogâmica.

Às vezes cometo a imprudência de pensar que poderia viver sem ela. Asfixiado pelo peso do cotidiano, não é estranho que eu banque o valente de um momento para o outro e resolva enfrentar essa possibilidade. Por sensatez, costumo não dizer nada, só penso, mas dessa vez tudo foi diferente. Tínhamos viajado para a Holanda por uma semana. Era nossa última manhã ali e, sem compreender muito bem por quê, armei-me de coragem para dizer isso a ela e enfrentar sua reação. Por um lado, não era uma boa ideia tocar num assunto assim, quando dentro de poucas horas eu teria uma apresentação importante; seria melhor guardar aquilo para quando estivéssemos de volta a Madri. Por outro lado, no entanto, contar a ela antes que fosse embora iria ser um golpe que ela teria que ruminar sozinha durante todo o caminho de volta, o que me garantia que, quando eu chegasse a Madri, ela já teria digerido o assunto e nós poderíamos conversar sem chiliques.

O assunto era simples: eu tinha decidido voltar para a Holanda. Voltar, não *voltarmos*, o que representaria uma nova complicação – talvez fatal – para uma relação que tinha se especializado em contorná-las. Pus-me de pé com uma parte do corpo e da mente ainda paralisadas, caminhei às tontas até a janela e senti que meus pés descalços se enrolavam entre os fios do laptop e dos livros espalhados pelo chão do quarto. Xinguei mentalmente cada objeto e, quando cheguei ao outro extremo do quarto, meu braço não alcançava as cortinas. Sua maleta aberta, modelo sarcófago, estava me atrapalhando e eu não conseguia movê-la com os pés. Fiquei de cócoras e girei o volume com as mãos até colocá-lo de lado. Tinha aberto caminho e agora podia chegar até as cortinas e abri-las. Abri-las? Sim, claro, abri-las de par em par para que a luz do sol matinal queimasse suas retinas e a fizesse gritar como um morcego. Puxei com força até sentir que as argolas de plástico colidiam na trave e se amontoavam contra o final do trilho. Merda, pensei, ainda está escuro. Tinha me esquecido de em qual país eu estava.

Dias antes, quando lhe falei que deveria apresentar os avanços da minha tese, ela resolveu que não ficaria em Madri e me acompanharia a Roterdã no fim de semana anterior à minha exposição. Avisei que não seria uma boa ideia, porque eu ia estar uma pilha de nervos, mas ela argumentou que não tinha importância, que viria do mesmo jeito, para passear sozinha por Delft – o povoado minúsculo de Johannes Vermeer – e para que tomássemos umas cervejas à noite. E assim foi, eu cheguei no início da semana anterior, fiquei afinando meus tópicos na biblioteca da universidade e ela aterrissou na Holanda na noite de sexta-feira. Curtimos parcialmente o fim de semana e agora, na segunda, ela partiria cedo e eu seguiria para a universidade para a apresentação de meus avanços. Quando terminasse, certamente tomaria algumas doses com os poucos amigos que tivessem assistido e na manhã seguinte eu também já estaria voando para casa.

Nossa história tinha sido uma espécie de ponte aérea entre Roterdã e Madri durante pouco mais de dois anos, e agora, quando parecia que tínhamos nos livrado dessa correria ingrata, eu lançaria a novidade de que queria voltar para a Holanda, o que significava retomar o sistema da ponte aérea. Mal ela chegou naquela mesma sexta-feira, fomos tomar umas cervejas belgas, duplamente fermentadas, no bar que fica na esquina de Oostplein. Ali, como quem não quer nada, comentei que a ideia do doutorado não estava totalmente descartada, que as coisas iam depender um pouco do que acontecesse na segunda-feira da apresentação. Ela não me disse nada, mas sua expressão foi eloquente. Era um desses olhares que só os casais que viveram uma longa temporada divididos entre dois mundos, e intoxicados de salas de embarque e aeroportos, conseguem entender.

Tudo isto tinha começado quando nós dois, ainda sem nos conhecermos, viemos estudar na Europa com a intenção secreta de permanecer neste continente por um tempo maior do que a duração de nossos programas de mestrado, que certamente eram muito diferentes entre si. O meu, em Roterdã, estava planejado para dois anos, e era em filosofia. O dela, em Madri, durava a metade do tempo e era em comunicações. Nós nos conhecemos quando estávamos morando havia um ano deste lado do mundo, numas férias em que os dois, por casualidade, viajamos a Barcelona para visitar uma amiga em comum. Fomos amigos durante vários meses, e nos visitamos mais de uma vez. Já a essa altura, ao mesmo tempo que eu ia me apaixonando por ela, também ia me apaixonando por Madri. Ela havia terminado seu mestrado e tinha conseguido um trabalho muito bom numa fundação dedicada à arte. Para mim, ainda faltavam algumas cadeiras, mas também consegui um trabalho, num colégio britânico em Haia. Foi graças aos nossos trabalhos e aos voos promocionais – que permitem cruzar quatro países por apenas quarenta euros e uma dose moderada de humilhação – que conseguimos nos visitar pelo menos duas vezes por mês, desde que num Natal resolvemos que seríamos um casal formal e que esperaríamos que eu concluísse meus estudos e me mudasse para Madri. Vivemos assim um ano, ambos com uma vida duplicada (dois travesseiros, duas escovas de dente, dois carregadores de celular e duas bundas que nunca conseguiam se acostumar aos balcões de comida ligeira, os trens, os metrôs e toda a burocracia que acompanha esses voos populares), ao mesmo tempo que fazíamos planos para quando morássemos juntos de verdade. Esse trâmite, no entanto, tinha um lado que não era nada desprezível, que se enraizava no maravilhoso tempo que se tem para ficar sozinho. A vida a dois tanto pode ser maravilhosa quanto asfixiante e os intervalos de silêncio, para quem já experimentou e usufruiu, são pequenos oásis. Eu queria me mudar para Madri o quanto antes e me esquecer da porra dos deslocamentos, mas queria, ao mesmo tempo, prolongar essa etapa de separação e alternância na medida do possível. No fim das contas, mudar-me para Madri significava estar com ela, mas também ter que procurar alguma atividade que gerasse renda, o que não seria nada fácil para um cucaracha sem a nacionalidade de algum país europeu. O trabalho que consegui na British School como professor do curso de teoria do conhecimento era extraordinário porque, sendo de meio expediente, permitia que eu estudasse e morasse num apartamento independente no Bairro Chinês. No entanto, estava convencido de que tinha sido um golpe de sorte, pois o visto de estudante me permitia uma licença de trabalho que combinava exatamente com as demandas do colégio. O diretor russo que me recrutou ficou muito contente com meu trabalho e renovou meu contrato para que eu ficasse um segundo ano, mas depois ele foi substituído por um inglês xenófobo que resolveu retirar do currículo todos os cursos ministrados por imigrantes para com isso poder enxotar a todos nós. Então chegou o dia em que, por coincidência, concluí meus créditos na universidade e fiquei sem trabalho. Só estava aguardando a tese e para isso Madri me esperava de braços abertos: sol, amor e birita em todas as esquinas. Nós nos reencontramos, emocionados, e pensamos que seria o fim daquela *história de duas cidades*, mas nenhum dos dois se deu conta naquele momento de que ainda havia uma porta aberta na ponte aérea, e que era a possibilidade de fazer o doutorado na Holanda assim que eu defendesse minha tese de mestrado. Foi isso o que eu disse a ela na sexta-feira, poucas horas depois que ela aterrissou em Schiphol, mas isso era só o começo. Não disse a ela que tinha decidido fazer, falei apenas de uma possibilidade. Como? Holanda, você está dizendo? Holanda outra vez? Está falando sério?

Caminhei de volta e retornei à cama. Passaram-se dois minutos e ela voltou à carga: não entendo por que você põe o despertador para tocar tão cedo se não pensa em se levantar. Não podia acreditar que essa constante se mantivesse presente em nossas vidas. Para ela, os seres humanos deveriam estar dormindo ou de pé, mas nunca num terceiro estágio. O limbo da encruzilhada, o transe escalonado, a bebedeira nebulosa em que o sono vai se infiltrando na vigília com a lentidão de um processo químico, não era uma opção possível. Ela exigia que o primeiro toque do despertador obrigasse as pessoas a se levantarem, por isso era melhor nem responder. Em certos países desenvolvidos, obrigar outro ser humano a desobedecer ao seu relógio biológico pode ser considerado uma tortura psicológica. Em outros, é um motivo para divórcio. No nosso caso (claro que esta teoria é inteiramente minha, mas tenho certeza de que algum dia será incluída na legislação de algum país nórdico), representava um pouco mais do que uma simples escavação em nossos ritmos: era também um sinal de nossa segurança. Ela era uma gladiadora nata cujas armas naturais estavam em sua personalidade, nas inflexões coordenadas de seu rosto e no rastro de autoridade que acompanhava suas palavras. Podia, então, enfrentar o mundo de olhos fechados. Eu, em compensação, era do grupo de inúteis que sofre quando enfrenta esses gladiadores; pior, sofre só de imaginar que terá que enfrentá-los, e por isso toda manhã precisava reinventar minha armadura, escolher e calibrar meu escudo, afinar a lança e pensar na melhor estratégia para sobreviver ao mundo. É por isso que aqueles que nunca conseguirão dominar o universo precisam desses breves minutos compreendidos entre o som do despertador e o primeiro pé que pisa no chão: embora não façamos nada, a vigília solitária e silenciosa nos prepara para a atuação que teremos nesse dia. Por outro lado, despertar com as normas da natureza pode muito bem se transformar numa iguaria que determine o curso de uma vida: se eu voltasse à Holanda para o doutorado, eles me pagariam para pesquisar, teria um horário flexível e durante quatro longos anos trabalharia no meu ritmo, sem que nenhuma máquina ou voz diferente da minha me acordasse.

Eu não coloquei nesta hora para me levantar, esclareci a ela, coloquei apenas para me despertar. Mas em compensação é a mim que você desperta, alegou, e depois você volta a dormir. O problema do despertador se agravava pelo fato de que ela não conseguia voltar a dormir depois de ter sido acordada. Por isso em casa, lá em Madri, ela podia me decapitar se alguma vez me ocorresse ir tomar banho às cinco ou seis da manhã e, por descuido, interrompesse seu sono. A regra, então, era que ela programasse o despertador, que fosse a primeira a se levantar e que entrasse no chuveiro enquanto eu ia renascendo. Nesse dia, ao contrário, tudo tinha se estabelecido pelo avesso.

Seu trem para o aeroporto partiria às dez da manhã. Tínhamos combinado que eu a acompanharia até a estação e que depois iria para a universidade. Esperaria ali até a tarde e apresentaria meu projeto diante de uma dúzia de acadêmicos inexpressivos e alguns amigos com quem tinha estudado. Tínhamos passado um fim de semana um tanto estranho. A Holanda era um poço de nostalgias em nossas vidas e ter mencionado o doutorado tinha sido como abrir uma porta que achávamos que estava fechada. Naquela noite caminhamos do bar de Oostplein até o hotel e, para minha surpresa, ela não me fez mais perguntas. Sem dúvida o assunto tinha abalado sua fortaleza habitual e seu silêncio era mais uma demonstração de seu amor por mim. No sábado, não tocamos no assunto porque ela foi passar o dia em Delft, sozinha; enquanto ela resistia à chuva comprando uns vasos de porcelana, eu, na escrivaninha do hotel e com a calefação no máximo, preparava minha apresentação. À noite, saímos apenas pelos arredores de Kralingen e, no momento em que comíamos um kebab numa pracinha com brinquedos para crianças, ela me perguntou de supetão por que eu tinha ressuscitado a ideia do doutorado. A princípio, pensei em lhe dizer que era porque eu tinha me entusiasmado com minha tese e tinha a esperança de continuar pesquisando numa nova etapa, o que não era inteiramente falso, mas depois resolvi colocar em pratos limpos o motivo que tinha maior peso: em Madri eu não iria conseguir trabalho, convenhamos. Pelo menos, não um trabalho que estivesse associado a uma atividade acadêmica. Era uma ilusão pensar que poderia trabalhar de garçom ou de barman. A vida inteira eu tinha sido um professor e agora, ainda por cima, tinha apenas um visto de estudante que venceria no fim do ano. A crise financeira tinha lançado o desemprego em suas piores cifras, as universidades estavam reduzindo o pessoal, os programas de doutorado dificilmente davam dinheiro, os anarquistas *okupas* estavam tomando a Puerta de Sol e nós imigrantes éramos vistos a cada dia com mais antipatia e enviados de volta para casa: o que eu poderia fazer em Madri?

Em Roterdã, em compensação, a crise demoraria a chegar, as universidades holandesas continuavam tendo subvenção e podiam oferecer programas de doutorado. Embora pagassem a cifra irrisória de mil euros por mês, diferentemente de outras universidades do norte da Europa, não me exigiam horas de docência, e o único compromisso presencial inegociável consistia em assistir aos seminários das segundas à tarde. Então, nas semanas em que não tivesse outros compromissos, eu poderia partir para Madri todas as manhãs das terças-feiras e só voltar na segunda-feira seguinte. O que mais se poderia pedir da vida do que ter seis dias por semana para ler e escrever meus *papers* nos bares de La Latina ou nas discotecas de Chueca? E essa opção era, ao mesmo tempo, uma forma de me agarrar à única entrada garantida de dinheiro que eu tinha, embora toda a situação estivesse longe do ideal. Nessa noite ela não me respondeu, só concordou com a cabeça enquanto terminava seu kebab. Depois se sentou num balanço e o balançou até seus limites. No caminho até o hotel, fez uma única pergunta: você tem certeza de tudo o que me disse?

No domingo, finalmente, concordei em ir ao museu Kunsthal para ver uma temporada de Munch. Quando voltávamos para o hotel, começou a chover e eu cometi o erro de reclamar do clima. Depois lhe pedi que me esperasse na porta do Burger King de Blaak porque queria ir ao banheiro e, quando saí, voltei a reclamar que os grandíssimos filhos da puta me cobraram por uma mijada. As duas reclamações lhe deram base para que começasse uma lista de todas as coisas das quais eu sempre tinha reclamado sobre este país. Você nunca aprendeu o idioma, disse-me ela; apesar de ter tentado duas vezes, mal consegue fazer compras numa adega. Daquela vez você disse que não moraria mais um ano de sua vida num país onde não conseguisse ler os jornais, e onde todo dia houvesse um furacão vindo contra você, onde as cafeterias universitárias cobrassem por um punhado de sal e os locadores arrancassem seu braço se você demorasse a pagar o aluguel. Você sempre disse que eles não compreendem seu trabalho, que para eles seus *papers* são um artesanato exótico... Tem certeza de que deseja bancar mais três ou quatro anos neste paraíso?

Não consegui responder imediatamente. Ela tinha acertado em tudo e a única coisa que aquilo provocava em mim era fechar a cara e não olhar para ela. De repente, chorar um pouco. Disse-lhe que estava cansado de acordar ao lado dela com tanto rebuliço, que odiava o som de suas botas contra o piso do nosso apartamentinho de Madri, e mais ainda do som da faca contra a tábua de madeira quando ela cortava o abacaxi. Ela sorriu para mim e eu sorri de volta. Já quando estávamos no quarto eu lhe disse que tinha medo de não encontrar nenhum trabalho em Madri e ter que depender dela, que não queria que isso acontecesse, pelo menos não nesse momento de nossas vidas. Então ela foi se deitar sem falar nada e eu continuei revisando meus últimos slides para a apresentação do dia seguinte.

Tornei a ouvi-la sussurrando em meu ouvido e me dei conta de que ela me empurrava com seu corpo para que eu despencasse da cama, por isso antes de cair no chão preferi capitular, ficar de pé e entrar no chuveiro. Tomei banho sem acender a luz e sem abrir os olhos. Eles vão me dizer, com certeza, que eu recorro à teoria de Honneth sem destacar nenhum problema empírico, um caso real para justificar o uso desse marco teórico. Canalhas, pensei, quando eu apresento casuística, me rotulam de sociólogo, de romancista, de qualquer coisa, menos de filósofo. Dizem para mim que o mundo empírico não tem nada a ver com a filosofia. Então eu lhes trago uma teoria, um método e deixo o problema empírico em abstrato: chamo-o de XYZ. Mas sou capaz de apostar que vão me pedir satisfações sobre que diabos é XYZ. Vão me pedir que o desenvolva para que consigam me entender, mas eu sei que, mesmo assim, não entenderão nada. Nunca entendem nada porque não saíram desta grande bolha que é a Europa. Suas grandes façanhas foram suas viagens ao norte da África, a um Marrocos mais turístico do que Paris, ou a Tel-Aviv, se é que não conseguiram pagar a passagem à própria Nova York.

Já acabou?, perguntou-me batendo na porta do banheiro, apresse-se, está bem? Tinha insistido para que eu entrasse no chuveiro e agora insistia para que eu saísse. Se você não sair, vai acabar com toda a água quente, acrescentou. Realmente, acabar com toda a água quente teria sido um ótimo gesto de represália, em face do fracasso de meu primeiro ataque com as cortinas. Mas isso poderia ser ainda mais perigoso. Já acabei, garota, já estou saindo. Tem água quente de sobra para você. Já no quarto, tive que acender o abajur para escolher a roupa. Foi sempre assim, em todos os invernos deste país. E também numa parte dos outonos e das primaveras. Sentei-me na cama para que a calefação do ambiente ajudasse a me secar. Teria alguns minutos de paz e silêncio. Talvez pudesse até tirar um pequeno cochilo.

Esta é a dificuldade, eu lhes diria à tarde, eu venho de um país onde identifico um problema. Bem, trata-se de um problema que envolve toda uma sociedade e que eu defino como um caso de injustiça social. É aí que surge a primeira armadilha. Para definir o que é um caso de injustiça social vou precisar pegar algumas das definições que vocês – animais letrados, hegemônicos e supremacistas – criaram para a expressão *injustiça social*. Mas seus dicionários são insuficientes, só encontro termos conotativos que ajudam muito pouco a construir uma ideia que é totalmente alheia a vocês. Pior ainda, suas teorias tradicionais no campo da filosofia política analítica também são insuficientes. De Rawls em diante, nenhuma delas funciona para o Peru e eu iria demonstrar a eles.

A manhã começava a trazer seus primeiros raios de luz e resolvi apagar o abajur. Depois de ter vestido o jeans, coloquei a camisa polo enquanto me aproximava da janela da sacada. Eu precisava continuar me embrulhando como uma alcachofra, então teria alguns minutos para me entreter com aquela vista. Do sexto andar do hotel Statswonen de Kralingen, a cidade de Roterdã explode em alguns tons enérgicos. Os raios de uma aurora breve ricocheteiam num mar de árvores com copas em tons de âmbar, amarelões alaranjados ou resedás que agitam as ruas e se armam sobre tetos cor de açafrão com dois beirais que fingem compor uma única peça com a rede de árvores. O espetáculo visual que o outono oferece neste país compensa todas as suas outras grosserias: o frio voraz, os dilúvios bíblicos que brotam de seus ventos de furacão, sua culinária inexistente, sua linguagem de paladares ásperos... Tudo, na verdade, é esquecido de repente quando se sobe numa bicicleta e se sentem as folhas coaxando debaixo das rodas, e que quando voam grudam no corpo ou simplesmente ficam flutuando, desprendidas de céus recobertos de galhos ocres e dourados. Mas o que é isso?, sua voz me tirou do estado de letargia quando ela entrou no cômodo enrolada num roupão de pelúcia e um gorro frígio do Smurf Ranzinza e se irritou quando me viu parado. Você ainda nem acabou de se vestir. Aleguei que ainda tínhamos tempo, que não se preocupasse, que estávamos no prazo. A partir desse momento, no entanto, tudo se tornou tenso. Acabei de me empacotar e comecei a colocar um pouco de ordem. Tinha de fechar o computador e recolher todos os papéis que havia usado durante a noite enquanto concluía a apresentação. Encontrei umas cópias que um dia eu tinha trazido de Lima, uns escritos sobre a *choledad** que tinham um grampo parcialmente enferrujado. À medida que os ia guardando com rapidez, imaginava a cara do *professor* Sullivan naquela tarde. Ele me olharia cético quando eu tentasse explicar o que significa ser mestiço no Peru. Por mais que, com a ajuda da terminologia de meus compatriotas sociólogos, eu falasse de discriminação individualizada, estratificação antropológica ou atavismos de superioridade, você nem assim entenderia, maldito Sullivan. Primeiro, com certeza, porque você nunca foi *choleado***; segundo, porque na sua cabeça, assim como na de tantos acadêmicos do hemisfério norte, só existem categorias preestabelecidas. Eu poderia começar lhe contando uma história, a vida de Julia, a empregada doméstica; ou a de Luis, o garçom de um restaurante; ou a de Cancelares, o professor andino de um colégio de crianças ricas; ou a de Paichés, um índio madeireiro da selva. Mas não serviria para nada, porque nenhum caso é suficiente por si só. Pior, nem mesmo a soma de todos os casos seria. A *choledad* é uma experiência que precisa ser vivida.

Vem para a cama!, havia dito ela na última noite quando eu me dispunha a trabalhar na minúscula cozinha dos nossos aposentos. Ainda não terminei com a apresentação

---

* *Choledad*: palavra especificamente peruana que define a condição de *mestiçagem* de uma parte expressiva da população do país. *Choledad* ("mestiçagem") e *cholo* ("mestiço") têm conotação pejorativa, de cunho racista. (N. do T.)

** *Choleado*: vítima de discriminação por ser um *cholo* (ver nota acima). (N. do T.)

para amanhã, respondi-lhe. Não importa, você termina aqui, ao meu lado, insistiu. Então levei o computador, as separatas e os livros para o quarto, e aproximei o abajur... Você pode apagar a luz?, perguntou-me quando eu já estava com todo o meu acampamento sobre a cama. Como é que é?, eu tinha certeza de que tinha escutado mal. Apagar a luz, repetiu, porque eu preciso de um ambiente que me ajude a dormir, e eu preciso, pelo contrário, de um ambiente que não me ajude a dormir, expliquei a ela, era melhor eu nem ter vindo. Não não, também não é assim, emendou-se, vire o abajur para o seu trabalho e eu me viro de lado, mas apague a luz do teto. Para não discutir e fazer as coisas voltarem a seu lugar original, pus o computador nos pés da cama e ali, com um abajur que iluminava linha por linha os textos que eu estava revisando e que eu precisava inclinar a todo momento para iluminar o teclado, consegui terminar minha apresentação.

Acabei de me vestir antes dela. Pensei que poderia aproveitar essa vantagem para fazer um rápido desjejum antes de sair. Talvez um café, alguma sobra de fruta, um pão com queijo. Sim, eu disse categorias preestabelecidas – eu imaginava novamente Sullivan. Se eu lhe contar um caso, você vai dizer que se trata de discriminação por gênero; se lhe contar outro, vai dizer que é discriminação por raça, por casta, por preferência sexual, e assim por diante; irá longe com todas as suas categorias, quando na verdade nenhuma delas pode explicar suficientemente o problema. É um pouco de todos, mas também existe quando muitas delas estão ausentes. Não aceita categorias rígidas, é arbitrário, caprichoso, inesperado. Por isso estou lhe dizendo que é um fenômeno mutante e inapreensível. Todos nós, peruanos, sabemos o que é *cholear* o outro, mas muito poucos conseguiram dar uma explicação científica deste fato tal como vocês querem. Você me prepara uma fruta?, gritou ela, do quarto, já estou quase pronta. Sim, claro. Ainda tem um pouco do abacaxi que compramos. Cortei o abacaxi sem paixão, mas tranquilo por saber que tinha conseguido ficar pronto primeiro e levar alguma vantagem sobre ela. Assim ela não me incomodaria com suas caras e gestos urgentes e nós poderíamos ir calmamente até a estação de trem. Ali eu me despediria dela e começaria meu enfrentamento acadêmico.

Qual é o problema, em duas palavras?, perguntaria Sullivan depois de toda a minha explicação. Seria melhor, então, falar por alto desse trecho. De nada serviria eu tentar lhe explicar. Digamos que seja um problema de injustiça social chamado XYZ, *mister* Sullivan, e diante disso ele demonstraria seu ceticismo com um som gutural. Permita-me passar por cima da descrição do problema, deixando-o indicado apenas com o nome XYZ. Para efeito desta apresentação, proponho que a sala aceite minha ideia de que XYZ, de fato, é um problema de injustiça social. Bem, a pergunta que eu faço à audiência tem a ver com a forma, com o método que devo usar para determinar por que XYZ é uma injustiça social. Segundo alguns autores, isso depende das teorias ocidentais de justiça social. Por exemplo, vou lhes apresentar este caso colocado por Amartya Sen: temos três crianças e uma flauta. Ana argumenta que ela deve ficar com a flauta porque é a única que sabe tocar. Mas Bob diz que ele é o único dos três que não tem nenhum brinquedo. Por fim, Carla argumenta que ela levou um mês inteiro fazendo a flauta, cortando a madeira, montando-a. Quem deve ficar com a flauta?

E aí?, perguntou-me, já vestida, no umbral da porta da cozinha. Seu abacaxi já está pronto. E eu também, respondeu-me fazendo um passo de dança e mostrando uns lábios que se esforçavam para sorrir. Entreguei-lhe o prato com o abacaxi cortado e ela o levou para o quarto. Seu jeito de caminhar, agora que tinha acabado de se vestir, e tinha calçado as botas, era mais um estrondo da manhã. O choque de seus saltos contra a cerâmica do piso fazia tanto barulho que um eco vibratório ficava suspenso no ar depois de cada passo dela. Embora eu já estivesse há um bom tempo acordado, dava no mesmo, aquela colisão violenta e regular torturava meus ouvidos. Vou descendo sua mala, disse-lhe depois que terminei meu café, espero-a na rua enquanto fumo um cigarro. Vamos.

O hotel de Kralingen, que pelo tipo de serviços que oferece é mais um motel para estudantes, fica a meio caminho entre a universidade e a estação de trem. Todas essas distâncias podem ser percorridas a pé, mas não quando se tem que arrastar uma mala que parece um contêiner, não se o clima cálido de Madri tornou a pessoa alérgica a um vento gelado e úmido, ainda que colorido, que os holandeses chamam de outono. Estacionei a mala na porta de entrada para impedir que ela se fechasse, de modo que um pouco da calefação chegasse até o lado de fora. Então acendi meu primeiro cigarro do dia. Para Carla, certamente, que foi quem fez a flauta, me diria Sullivan ou algum aventureiro no meio do público. Pois você é um libertário, ou talvez um socialista, eu explicaria, haja paradoxo. Vocês se dão conta de que, se a flauta ficasse com a Carla, vocês não conseguiriam ver nenhuma injustiça? E por que teríamos que ver?, contra-atacaria Sullivan (ou o aventureiro). Por que teríamos que ver uma injustiça onde ela não existe? Justamente, porque você não a vê por causa de sua postura política, ideológica. Se você fosse um utilitarista, e a flauta não acabasse nas mãos de Ana, que é quem obteria mais prazer com o instrumento, você diria que existe aí uma injustiça. Mas se for um igualitarista, e a flauta não for para Bob, que é a única criança sem brinquedos, veria uma injustiça, da mesma forma. O que eu estou querendo lhes dizer é que, com os olhos intelectuais do Ocidente, a injustiça não está no ato, mas no marco teórico que se utilize para julgá-lo. Esse é um exemplo abstrato, reclamaria Sullivan, agora sim, só poderia ser Sullivan. Desenvolva para nós, vejamos, o que é o seu XYZ para tratar sobre o assunto. Este é justamente o problema, eu lhe diria, ansioso de que ele tivesse mordido a isca, caído na ratoeira, na armadilha.

Está pronto?, apareceu ela com seu casaco de penas e sua bolsa de couro. Vamos?

Caminhamos em silêncio até o ponto do bonde. Os dois olhando para a frente, o único sinal de vida à nossa volta era o som das rodas de sua mala contra uma pista de paralelepípedos de terracota enrugada, outro atentado contra o meio ambiente auditivo que anulava o canto das gaivotas e que eu estava provocando ao arrastar aquela casa ambulante porque "você tem mais força por ser homem". Já na esquina avistamos que o *tram** estava bem perto de chegar ao ponto. Corra que nós vamos perder!, gritou ela, então eu corri até aumentar o atrito, choque, rebote raspado da grande mala sobre os paralelepípedos, contra o breu da pista, contra os trilhos metálico afundados no asfalto e finalmente contra o degrau que define a entrada no ponto do bonde. Sempre odiei a pressa, as correrias, as urgências, e ainda mais quando a única coisa aproveitável nesta antípoda geográfica onde tive a infelicidade de morar durante três anos é justamente sua passividade e seu silêncio, as sensações visuais, e não as carnais.

Quando subimos no *tram*, passei meu cartão pelo *scanner* e nos sentamos. Em dez minutos estaríamos na Estação Central. Você passou o cartão?, perguntei a ela. Não. Mas então... A mim eles não cobram neste país, respondeu sem me olhar, e depois se virou para o vidro da janela como quem não quer mais falar sobre o assunto. Bem...

De fato, a ela nunca cobravam nos *trams* holandeses. Os sistemas de revisão periódica são pensados para os residentes que pagam, embora ninguém controle isso todo dia. Para os turistas como ela, que usava o *tram* nas vezes

---

* *Tram:* nome de um modal de transporte público da Holanda, semelhante ao Veículo Leve sobre Trilhos (VLT) brasileiro. (N. do T.)

esporádicas em que vinha à Holanda, era um bom negócio não pagar. A probabilidade de que a apanhassem era ínfima. Um bom negócio para ela, claro, que contava e se orgulhava do número de viagens que tinha feito como clandestina, mas não para mim, que tinha que viajar com o estômago apertado e com o medo de que a qualquer momento um inspetor caísse em cima de nós e nos levasse à polícia, à cadeia, aos holocaustos para turcos, marroquinos e cucarachas dos Auschwitz holandeses. Por que este é o problema?, retornava Sullivan. Justamente porque não têm nem as teorias nem a linguagem para que eu possa lhes explicar o caso empírico, eu lhe diria: o que são suas teorias de justiça? O *Justice as Fairness* [Justiça como Equidade] de Rawls, o *Entitlement Theory* [Teoria da Titularidade] de Nozick, o *Morals by Agreement* [Moral por Acordo] de Gauthier são o quê? Sullivan acordaria, cheio de si, e devolveria a pergunta: são o quê?, diga-me você o que elas são?, repetiria, balançando a cabeça para me obrigar a prosseguir. E aí só me restaria fulminá-lo: pois são puros experimentos mentais, situações idílicas sobre o que é justiça social, mundos fantasmas, utópicos, que tentam definir o que é justo. E o que isso tem de errado?, insistiria Sullivan, temos que nos guiar por alguma coisa, ou não? O que tem de errado é que não dizem nada sobre *como*, já não digo atingir, mas simplesmente se aproximar desse ideal; um mundo perfeito nos é útil para melhorar o espaço em que vivemos, porque não sabemos como nos movermos de onde estamos na direção desse ponto ideal; pode-se melhorar numa dimensão de justiça, mas essa melhora poderia gerar uma deterioração de outra dimensão; se não houver uma forma de mensurar essas dimensões, as teorias globais não têm serventia, só podemos fazer comparações parciais; todas, diga-se de passagem, são uma defesa da redistribuição econômica, e não falam nada sobre o reconhecimento cultural; são... castelos no ar.

Seu bilhete, por favor, pergunta o inspetor que nem ela nem eu vimos chegar. Deve ter subido na penúltima estação antes de chegar à central de trens para arruinar a nossa manhã. Aqui está, respondi ao holandês e mostrei meu cartão. Ele o enfiou em seu leitor portátil e me devolveu. Depois se dirigiu a ela, que o ignorava porque estava olhando pela janela. Disse alguma coisa ininteligível e ela teve que se virar. Pegou umas moedas, a técnica clássica do turista mestiço e lhe perguntou, em inglês, quanto era. O inspetor lhe disse em holandês que não se compra o bilhete no *tram* – coisa que ela sabia perfeitamente –, mas antes de embarcar. Quando viu que não entendia nem uma palavra do que o inspetor falou, começou a apontar para mim com o dedo. Eu não tenho nada a ver com isso, agora você se entenda com ele, pensei, mas de repente um medo súbito, dela ou do inspetor, levou-me a alegar com o holandês que ela era uma turista e que sempre a tinham deixado comprar seu bilhete no *tram*. O senhor vive aqui, não é?, me perguntou. Disse a ele que não, mas tinha vivido antes e por isso tinha meu cartão do *tram* que recarregava quando vinha de visita. Ele me perguntou se eu mantinha algum endereço para onde pudesse me enviar a multa e, diante da minha negativa, anunciou que eu deveria pagá-la em dinheiro. Eu nem a conheço, disse a ele – para minha sorte estávamos conversando em holandês e, embora meu nível fosse de escoteiro, ela não podia nos entender –, é uma amiga; se quem não pagou foi ela, então multe a ela. Está certo, continuou, diga-lhe por favor em seu idioma que ela precisa pagar quarenta euros em dinheiro, como assim? Mas se ela é turista, argumentei. Por isso mesmo, respondeu, se o senhor não me fornece um endereço por ser turista, tenho que lhe cobrar em dinheiro, do contrário vou ser obrigado a chamar a polícia. Que tanto ele está lhe dizendo?, pergunta-me ela. Nada, nada, já estou resolvendo. Você tem quarenta euros?... O quê? Não! Você está dizendo quarenta euros? Sim, quarenta. Ter eu tenho, mas não quero ficar sem dinheiro vivo. Aceita cartão de débito? Não, mulher, ele é um inspetor, não um centro comercial. Tudo bem, me dirigi ao sujeito, ponha a multa em meu nome, é melhor, e eu lhe dou um endereço para que a mandem pelo correio. Ah, o senhor está mentindo para mim, então? O senhor então mora aqui? Mostre-me seu visto de residência. Moro mais ou menos, disse-lhe com pouca convicção, mas afinal o que o sujeito iria entender se eu lhe dissesse que era residente holandês e ainda mantinha meu cartão de estudante para poder continuar na Europa, mas que na verdade eu morava na Espanha porque estava quebrado e casado, sem saber qual dos dois fatos era a causa do outro. Veja, cara, disse-lhe enquanto lhe entregava algumas de minhas poucas notas, pegue a porra dos seus quarenta euros e me deixe saltar agora deste *tram*.

Por que ele multou você?, perguntou ela, quando o veículo parou na Estação Central. Não se esqueça da mala, hein?, que é muito pesada para mim. Ele não me multou: multou você, por bancar a esperta. Mas, bem, poderíamos ter ido parar nas prisões de Groninga, que é muito parecida com a Sibéria, querida, portanto se alegre e da próxima vez compre seu bilhete com antecedência. Que injustiça, disse enquanto caminhávamos até as plataformas de embarque. Está com seu bilhete de trem?

Castelos no ar, essa frase provocou em Sullivan o efeito de uma pimenta-verde das mais ardidas entre as nádegas. Você está me dizendo que quarenta anos de filosofia política desde Rawls são um castelo no ar? Sim, um que nos ensinou e orientou muito, que nos forneceu ideias avulsas, pautas, caminhos por onde pensar, mas que como sistemas globais não servem para resolver problemas concretos do mundo real. Muito menos problemas sociais de latitudes tão distantes. Esse é um argumento que não se sustenta, reclamou Sullivan. Mas não sou eu que o estou colocando, *mister* Sullivan, não me atribua nem o crédito nem a ousadia; é Amartya Sen, o Nobel indiano, o de Harvard, quem faz este questionamento. Ele diz, inclusive, uma coisa que eu não posso lhe explicar, e é que a expressão *justice as fairness* [justiça como equidade] de Rawls não tem tradução para o francês; que dizer *justiça como justiça*, a tradução literal, provocaria o riso de todos os franceses. Bem, acontece a mesma coisa com o espanhol: dizer *justiça como o justo* seria um absurdo risível. Então se usa a primeira aproximação e se traduz para *justiça como equidade*. E isso, por mais que soe bem, perdeu meio corpo semântico na tradução. A palavra *equidade* já nos leva para o terreno econômico.

Em resumo, *mister* Sullivan, assim como se perde de cá para lá, também se perde de lá para cá, e se torna quase impossível fazer uma descrição inteligível de injustiças suscitadas em diferentes cantos do Peru para cidadãos como o senhor, ocidentais, e ainda por cima acadêmicos. E então, o que propõe?, olhou-me Sullivan incrédulo. Não posso estar com seu bilhete de trem se ele só pode ser comprado só na hora de partir. Ah, é mesmo?, não me lembrava. Não sei na verdade se ela não se lembrava ou se ela simplesmente não comprava bilhetes, nem de trens, nem de *trams*, nem dos barquinhos que passeiam com os turistas pelo rio Mosa. Em qualquer um desses casos, desta vez ela tinha me assegurado de que estava com o bilhete e que iria direto para o aeroporto de Amsterdã. Vamos comprá-lo nesta máquina. Quanto é?, perguntou remexendo seu bolso. Quinze euros. Ajudei-a a brigar com a máquina vendedora de bilhetes de trem, outro exemplar da desumanização holandesa, até que ela estivesse com ele na mão. Caminhamos até o painel de partidas e chegadas. Vi que o próximo trem para Amsterdã sairia às dez da manhã. Eram nove e quarenta. Sai em vinte minutos, observei em voz alta. Vamos para a plataforma número oito.

Estou propondo um marco teórico diferente, um com um espectro mais vasto, mas menos convencional para o mundo anglo-saxão. Estou falando da teoria do reconhecimento de Honneth, sim, do filósofo alemão da Escola de Frankfurt, e não me desqualifiquem por causa disso. Ali, toda ocorrência da injustiça social, toda iniquidade na redistribuição econômica, tem uma origem do tipo cultural.

Honneth fala de três requisitos para alguém ser reconhecido. O primeiro é psicológico e vem da mãe. O amor que alguém sente por si mesmo provém dos outros, que nos primeiros anos de vida nos coloca diante da primeira experiência de reconhecimento. O segundo é o respeito que alguém sente por si mesmo, e que provém, da mesma forma, do respeito dos outros através da igualdade perante a lei. O terceiro, no entanto, talvez seja o mais importante e aquele que a tradição analítica anglo-saxã não identifica... O trem sai daqui?, perguntou quando chegamos à plataforma número oito.

Sim. Os que vão para Amsterdã sempre saem daqui. Acho que estou bem em termos de tempo. Se não houver atrasos, devo estar antes das três da tarde em Madri, então irei ao escritório como sempre. Sim, imagino. Quando você chegar amanhã, pode passar o aspirador na casa? A mulher que limpa vai ficar o mês inteiro na Romênia, e você sabe que eu não sou boa com o aspirador. E os vidros das janelas também estão sujos, é preciso limpá-los por fora com jornal. Você pode fazer isso? Com certeza, amor, claro que posso, respondi-lhe e imediatamente me virei para Sullivan: o terceiro ponto é a autoestima que alguém sente por si mesmo e que provém da estima que os outros sintam por ele. A estima, na acepção de Honneth, e diferentemente do respeito, não está na igualdade, mas na diferença. É a atitude de valorização daquilo que torna o outro diferente. Mas nem toda diferença pode ser valorizada, contra-atacou Sullivan, que tinha ficado perplexo com minhas palavras: apenas por ser diferente, uma coisa não pode ser digna de valor. Concordo, mas o que importa não é o que valorizamos mais, ou o que valorizamos menos, o crucial é entender que nós não somos ninguém para estabelecer o valor. Ou que nossa valoração sempre vai ser enviesada. Se formos capazes de perceber isso, então, paradoxalmente, poderemos valorizar qualquer traço diferencial do outro que eu não tenha e que o outro sim valorize nele mesmo. Então os dois lados entrarão em sintonia e poderão contribuir para a autoestima do outro e assim completar o processo de reconhecimento mútuo.

Quando chegamos à plataforma indicada, ela cravou os olhos nos trilhos do trem e foi acompanhando-os até se perder no horizonte do vazio ferroviário de onde deveria sair o próximo trem. Você me disse certa vez que um problema grave dos casais de nosso tempo se enraizava em fazer combinar suas preferências geográficas, lembra? Você dizia que estatisticamente a maioria dos casais que se separam faz isso porque cada um quer estar num lugar diferente e sua intransigência recíproca podia mais do que seu amor, lembra? Eu me lembrava, de fato, e, se não tivesse me lembrado, teria concordado facilmente, porque é uma coisa que eu sempre achei. Pois esse não é o nosso caso, continuou ela (de fato não era, porque mesmo fazendo o doutorado eu moraria uma parte do tempo com ela), porque você adora Madri e odeia este país. O que anima você no doutorado não é nem a bolsa de mil euros, nem a condição social de ser um doutorando num lugar acadêmico sério. O que seduz você é ter sua válvula de escape, seu dia livre, sua noite sem nós dois, seu tempo de solidão que no papel será de um dia, mas pouco a pouco serão dois, ou três, ou semanas inteiras que você vai alternar. Para você esse é o equilíbrio perfeito porque você acha que juntos nos sufocamos em nossa ratoeira madrilenha e que você sempre procura se oxigenar de mim. Não o culpo, talvez seja o que todo mundo desejaria, talvez seja mais normal do que se imagina. Mas eu acho que esta vida não me agrada, que é como a dos casais que dormem em quartos separados. Não tenho nada contra isso, mas não quero ser um desses casais. Não quando estou começando alguma coisa, pelo menos. Não quando é possível sem fazer muito esforço. Acho que, se a proximidade do outro não é uma necessidade, não vale muito a pena insistir numa vida a dois.

De repente ficamos em silêncio, os dois olhando na direção do pátio de estacionamento de onde deveria aparecer seu trem, até que apareceu.

É este?, perguntou quando uma composição com assentos de cor creme parou na plataforma. Peguei-a pela cintura e lhe dei um beijo rápido na cabeça, como forma de confirmação: faça uma boa viagem, garotinha, disse-lhe ao ouvido. Ela fez que sim com a cabeça, subiu com sua mala e foi embora sem responder. O trem partiu e pude vê-la sentar-se através das janelas. Fiquei com a impressão de que, em vez de ir para o norte, ia para o sul. Isso acontece com frequência quando se sobe à plataforma pelo lado oposto àquele pelo qual se costuma sempre subir. É um segundo de desorientação que até pode ser divertido, porque a pessoa precisa ajustar novamente seus pontos cardeais na cabeça.

Caminhei até a parada do *tram*. Dali, iria direto para a universidade, quando vi o relógio redondo pendurado na lateral da parada, notei que faltavam oito minutos para as dez. Lembrei que o trem partia às dez, mas na plataforma ninguém voltou a falar sobre a hora. Como podiam faltar oito minutos para as dez e ela ter tomado o trem das dez? Foi então que me dei conta de que ela havia tomado um trem errado. Veio-me à cabeça a imagem de onde ela estava sentada num vagão que ia no sentido contrário. Não, não estava errado, ia claramente para o sul. Imediatamente, me veio a lembrança de que os trens com assentos cor de creme, um tipo muito raro na Holanda, são os que vão direto para Bruxelas.

É um marco teórico muito alheio ao tradicional, fustigou de novo Sullivan, sem muito mais argumento em sua bagagem. Honneth é um marxista e seu pensamento tem raízes hegelianas. Você me mandou para Bruxelas!, me diria ela, e me fez perder o avião para Madri. Marxista não, simplesmente tributário da Escola de Frankfurt; e a bem da verdade é exatamente o contrário de um marxista, sua explicação do problema não é econômica mas social: um weberiano, se preferir, porque tudo nasce do status que se perde com a falta de reconhecimento. É que eu quis me livrar de você o mais rápido possível porque já não a aguento. Dá no mesmo, pensar em Hegel é ter um marco teórico descontínuo. Você está falando sério? Seríssimo, como nunca antes, às vezes sou muito feliz com você e às vezes me sinto no fundo de um oceano com o tanque sem oxigênio. Certamente, Sullivan, talvez seja um pouco descontínuo, mas a falta de reconhecimento em meu país tem vários séculos e também está em descontinuidade para os que acham que tudo vai bem. Por que está me dizendo isto agora, de repente? Você não é feliz comigo em Madri? Eu lhe sugiro que mude sua pesquisa ou que vá para uma escola alemã, este é um centro de escola de estudos de filosofia analítica e não uma escola de revolucionários, elevou o tom Sullivan, e abandonou o recinto. Feliz? Feliz, está dizendo? (de repente senti um zumbido no ouvido, uma coisa que se destampa sem aviso). Muito feliz, mulher, muito feliz, com certeza, e mais ainda desde que você criou para mim uma casa e uma história em Madri. Porque naquele apartamento minúsculo, que é o refúgio de um asilado político ou de um poeta maldito, você montou para mim um escritório parabólico e um farol impertinente que da janela de nosso sótão me permite ver – e às vezes tocar – estrelas e árvores de medronho. Veja, Sullivan, o senhor pode ir para a puta que o pariu e enfiar seu instituto por todo o canal intestinal. Mas não espere que eu também lhe traduza isto, porque só consigo usar a gíria ianque para o insultar, e essa língua – semântica, conotativa e metaforicamente, está bem abaixo da minha peruaníssima ideia de mãe. Não, mulher, o que eu viria fazer na Holanda de novo?, tudo era apenas um ímpeto, uma ideia de mau gosto. Sou um homem feliz, estou lhe dizendo, quem poderia duvidar disso?

Caçadores de ostras

*"A única pátria de todo homem
é sua infância."*
Rainer Maria Rilke

Acabei de vestir o moletom e amarrar os cadarços do tênis antes que surgissem os primeiros raios de luz. A praia estava escura e o céu encoberto. Eu tinha dormido com um sono leve e vigilante, como as aves. A essas horas, os pássaros caçadores de ostras já deveriam estar embolados uns nos outros, para se aquecerem. O cheiro da umidade me fez voltar uns trinta anos anos no tempo, quando eu era criança e acampávamos nesta praia. Naquela época eu me sentia invencível e a vida me parecia infinitamente longa.

Hoje é o dia. Hoje vou lhe dizer que não quero mais estar com ela. Só espero que esse final, com todo o seu rastro, seja também o começo de alguma coisa nova.

Embora ela costume me acompanhar na corrida, tive sorte de que esta manhã ela estivesse dormindo, então saí sem a acordar. Um dia assim é melhor começar sozinho, recarregar as baterias com uma dose de silêncio para enfrentar melhor os gritos e reclamações que virão de qualquer forma. Limpar a mente, ganhar lucidez, burilar os argumentos que não soem improvisados. Saí da casa; iria correr pela beira do mar, pelo limite onde a areia começa a secar. Esta praia, agora privatizada, foi um dia um paraíso público. Tendo em vista a direção em que nossas civilizações avançam, é de estranhar que ninguém ainda tenha se apropriado do mar, nem mesmo da parte em que ele se encontra com a areia. As leis de inalienabilidade do litoral exigem uma distância mínima de cinquenta metros de praia pública desde a linha da maré alta até a primeira terra comercializável, mas isso desde que não apareça uma escarpa, um lago, montanha ou acidente geográfico semelhante que interrompa a continuidade da praia. Aí, sim, tudo pode ser comprado e vendido e se torna possível comprar uma casa à beira-mar. Em todo caso, esta é uma praia plana e sem acidentes, e a única certeza é que onde a areia seca e umedece ao ritmo das marés continua sendo propriedade de todos. A prova mais florescente de que nessa franja existe liberdade é a presença dos pássaros caçadores de ostras, umas aves corpulentas e combativas que também são conhecidas como ostreiros. Seu dorso negro, como uma capa presa ao corpo, acompanha-os desde o pescoço e se estende até cobrir sua cabeça com um capuz de carrasco. Têm o peito e a barriga brancos como o algodão, as patinhas rosadas, firmes e velozes e as asas alvinegras e espessas, mas seu traço mais característico é seu bico longo e vermelho, largo e pontiagudo, com que punçam e pinçam toda espécie de invertebrados marinhos. Entre todos eles, as ostreiras, como o próprio nome atesta, são suas favoritas.

Empreendi a corrida para o norte; ali eu tinha seus quilômetros de lembranças. Para o outro lado, em compensação, em duzentos metros já teria dado com as rochas que separam a praia grande de outra pequena e escondida entre as rochas que nós chamávamos de *Prainha* e que sempre foi algo assim como um paraíso escondido porque, como se podia chegar ali a pé, estava sempre deserta. Ela *não* me compreenderá. *Não* vai assimilar a ideia em sua verdadeira dimensão. Se nem eu conseguia expor as coisas com clareza, como poderia pretender que ela realmente entendesse? Ela, para quem as coisas deste mundo eram sempre preto no branco. Acho que não faz sentido continuarmos juntos, deveria ser minha primeira frase. Sua reação imediata seria de espanto e depois de raiva. Começaria a gritar comigo me acusando de que com certeza estava gostando de outra mulher e que por isso a estava abandonando, faria questão de observar que os preparativos para o casamento já estavam encaminhados e que eu era um imaturo por levantar dúvidas a esta altura. Mas é que não são dúvidas, mulher, é uma decisão definitiva.

O sangue começou a se movimentar, o corpo foi se aquecendo e a cabeça evocando as memórias que guardo desta areia. Antes que fossem construídas estas casas luxuosas, como o palacete em que estamos hospedados – cortesia de minha futura cunhada economista e de seu marido banqueiro –, e que sequestraram e encapsularam uma grande parte da praia, as encostas da colina eram rochas disformes e de tons variados e mutantes de marrom, que se mimetizavam com as cores do céu nas diferentes horas do dia e iam esmaecendo no mesmo ritmo, inclusive até a noite, quando simulavam caras de monstros que estavam sempre nos observando. Olhar hoje em dia estas rochas com as casas em cima é o melhor símbolo da derrota de uma época. Não digo o fim, porque preciso das extremidades da palavra *derrota*: agora as rochas são umas caras compungidas e principalmente esmagadas que sucumbiram ao peso dessas casas de paredes imponentes e telhados vistosos em suas águas. Quantas vezes uma imagem é capaz de fazer um resumo espacial e temporal tão sintético do que sejam o apogeu e a hegemonia de uma nova forma de se compreender um país? Essa paisagem era uma homenagem à arte da condensação: algo semelhante ao que Jerry Cohen fez quando precisou ao interminável Marx numa paleta de enunciados analíticos para que as novas gerações de filósofos concordassem em escutá-lo.

A praia costumava ficar deserta de segunda a quinta, e embora durante a maior parte do verão nós acampássemos só nos fins de semana, na segunda metade de janeiro fazíamos um grande acampamento de quinze dias – e esse, sim, era memorável. Não é prudente começar dizendo a ela que temos que nos separar, porque depois desse míssil ela já não vai aceitar nenhum motivo. Melhor seria se abastecer de boas justificativas: veja bem, quero me separar de você porque não gosto da sua forma de ver o mundo. Isso era uma evidência ou soava como um pouco ofensivo?

Naquela época, a família Pareja – que pelo número e pelos hábitos era mais uma tribo do que uma família – instalava-se ao nosso lado com uma barraca que se parecia com a de um circo porque tinha um mastro no centro de tão grande que era e uma parede de pano em dois dos lados para não precisar fugir do sol quando chegava a tarde. Eles tinham uma mesa de centro gigante, que na verdade eram duas, unidas por um gancho, feitas de uma madeira impermeável e antiga que deveria sobreviver aos sete irmãos, além da avó e dos amigos dos filhos que a parasitavam todo fim de semana. Não, isso seria ainda pior. Por favor, seja um pouco mais direto, muito mais direto: quero me separar porque o mundo não dói em você. Porque você se move como um peixe dentro d'água neste sistema viciado e decadente. Melhor, agora sim, mas ela não iria entender nada, do mesmo jeito. Nós, em compensação, éramos apenas três: Paco, minha mãe e eu, mas felizmente o tio Jorge e a tia Alicia, irmã de minha mãe e que não tinha filhos, costumavam se juntar a nós. Ao lado do trailer eles armavam sua minúscula barraquinha de alpinistas com que tio Jorge tinha cruzado todo o Himalaia filando documentários para um famoso cineasta alemão. Nós três dormíamos no trailer. Levávamos bastante comida, mas quase sempre comíamos o que Paco ou o tio Kike – o patriarca dos Pareja – pescavam. Tio Kike pegava linguados tão compactos e saborosos como ele. Ela também não iria fazer nenhum esforço para entender aquilo, apenas associaria com grosserias do passado e, embora eu não usasse nenhuma terminologia acadêmica, nenhuma palavra ou família de palavras terminadas em – ou associadas a – nenhum "ismo", ela também iria enfatizar: Você está me dizendo que quer que a gente termine porque não sou tão socialista como você? É isso, realmente? Fale de uma vez.

Gerald Allan Cohen nasceu numa família de judeus antirreligiosos, antissionistas e poderíamos dizer que "antitudo", a não ser pela fé que seus pais professavam pela revolução bolchevique. Era filho de uma costureira lituana e de comunista ucraniano – este último um comerciante de madeira, que decidiu se exilar com sua mulher no Canadá no período entre-guerras. Foi ali que "Jerry" nasceu, em Montreal, no início de 1941. Ainda que o ambiente de sua infância o levasse a ser mais um seguidor do modelo soviético, suas próprias viagens de juventude – Hungria em 62, Praga em 68 e a própria União Soviética em 71 – fizeram com que se desiludisse por conta própria. Destacou-se tanto nos estudos desde criança que, embora tenha ingressado na Universidade de McGill para estudar teoria política, ao fim de um ano já estava se mudando para a Inglaterra, como bolsista da prestigiosa Universidade de Oxford. Ali começou sua carreira como filósofo, onde foi aluno – e depois amigo – de Gilbert Ryle e Isaiah Berlin, para muito rapidamente se tornar professor-assistente e continuar galgando degraus acadêmicos em diferentes universidades inglesas. Em todos esses anos de leituras e seminários, Cohen teve que enfrentar o marxismo de uma perspectiva bem diferente daquela que viu em casa. Já não bastavam as arengas fanáticas de um pai que era membro da UJPO – a organização socialista dos judeus canadenses que durante muitos anos esteve associada ao Partido Comunista do Canadá – para se identificar como marxista, pois agora ele mesmo estudaria o marxismo com todos os seus antecessores e sucessores, ao mesmo tempo que, pela janela, podia ver os excessos reais cometidos por aqueles que atuavam em seu nome.

A grande diferença entre ser um revolucionário das ruas que empunha um rifle em nome do comunismo (ou, para não ir tão longe, do político que o defende em público em qualquer uma de suas variantes) e ser um acadêmico que estuda o marxismo na comodidade de uma cátedra londrina, num ambiente pacífico e povoado de liberais (já que na época Cohen era professor na UCL), é que no segundo caso talvez as pessoas o escutem mais. É possível que os primeiros tenham realizado mudanças sociais maiores na história, se medirmos pelas estatísticas, mas os segundos têm o consolo de saber que qualquer vitória em seus registros, mesmo a menor delas, não tinha acontecido pelo rifle mas pela razão. E o que de fato é garantido é que seus principais opositores sempre se deram ao trabalho de lê-los para os rebater. No primeiro caso, em compensação, quando se defende uma posição carregada de tanto peso semântico, os opositores bloqueiam os ouvidos, encastelam-se e atacam com os olhos fechados.

Em 1978, quando tinha 37 anos, Cohen publica seu primeiro livro: *A Teoria da História de Karl Marx: uma Defesa*.

Nele Cohen faz uma coisa que impressiona seus contemporâneos: pega as ferramentas da filosofia analítica anglo-saxã – esse formato conciso e sequencial usado pela filosofia da ciência – e analisa o materialismo histórico marxista, um conteúdo denso e moroso que por si só está no extremo oposto da filosofia analítica, e que melhor seria dizer pertence ao universo complexo da filosofia continental, e acaba criando algo assim como o marxismo analítico.

A obra, uma ousadia, com antagonismos de tempo e de escolas de pensamento, torna-o conhecido em todos os círculos acadêmicos. Progressistas e liberais – entre eles o próprio Isaiah Berlin, com certeza – o leem para elogiar ou rebater. De qualquer forma, já tinha conseguido que todos o escutassem e desde então vão continuar escutando-o.

Depois do sol furioso do meio-dia e dos mergulhos múltiplos no mar, restava a tarde do pôr do sol, a melhor hora do dia. Então José Ignacio, o único dos sete filhos dos Pareja que tinha a mesma idade que eu, armava a rede de vôlei e, em times de seis, todos – crianças, jovens e adultos, pois a idade não era importante – jogávamos até suar a alma. Eu diria a ela que não, que isso não tem nada a ver, que não vem ao caso, e, embora também tentasse explicar isso a ela da melhor maneira possível, ia ser em vão. Ela já não queria escutar. Então o melhor seria dizer a ela da maneira mais simples que conseguisse: o mundo, quer dizer, sim, este, este mundo em que vivemos, não a atinge, pronto, a verdade é essa. Não é preciso dar muitas voltas, isso salta aos olhos em cada um de seus atos: você trata mal o garçom, obriga-o a ir e vir mil vezes até cumprir à perfeição aquilo que lhe ocorreu no momento, humilha o pobre homem que telefona para vender seguros ou oferecer linhas de crédito até que ele acabe lhe pedindo desculpas por ter telefonado, nunca lava um prato porque tem alguém que vai atrás de você limpando o que você suja, trata os empregados de seus pais como se eles estivessem todas as horas do dia à sua disposição, gasta seu dinheiro em banalidades, em roupas caras e pomposas e em cremes para as rugas que alguém a convenceu de que são indispensáveis, comemora sempre as promoções de seus amigos, as conquistas individuais e especialmente as de ordem econômica... Vamos, para resumir numa frase, a mecânica empresarial deste século lhe cai como uma luva. Você passa a vida trabalhando para consumir essas banalidades com o produto desse trabalho. E, se você troca as melhores horas de sua vida por trabalho e o dinheiro desse trabalho por idiotices, então, por extensão, você está trocando sua vida por idiotices – e é isso o que eu não engulo.

O vôlei na praia durava até que o sol se desenhasse no horizonte: gordo, simétrico, eloquente, quase o número de um artista que se detém por um segundo antes de executar sua obra-prima: mergulhar no mar. Então largávamos o vôlei e corríamos até a orla como um bando de vândalos de todas as idades e nos sentávamos para ver o sol se pôr, em silêncio, fazendo pedidos antes do último raio, antes daquela luz verde fugaz de que todos falavam, mas que ninguém nunca viu: talvez o maior dos mitos de todos esses anos. Vou lhe repetir a ideia porque não encontro outra mais ilustrativa: você se move como um peixe na água, neste mundo, é uma peça a mais, uma das mais entusiastas em aplaudi-lo, em saber jogar de acordo com suas regras. Vamos colocar nos seguintes termos: você o legitima com seu comportamento, ajuda-o a se perpetuar.

Assistimos a esse espetáculo de cores tantas vezes que tive a oportunidade de me deparar com entardeceres irrepetíveis. Uma vez, por exemplo, as nuvens convergiram de tal maneira que o sol ficou quadrado; pela primeira vez um sol quadrado foi se pondo até adotar a cintura de um relógio de areia e no final mergulhar nas costas do mar. E você?, me diria ela, que nunca ficava calada, você não o ajuda a se perpetuar?, você por acaso faz o mundo mudar com seu comportamento? De que maneira, me diga, porque eu não vejo nada no seu modo de vida que transforme esse mundo que não lhe agrada. Você trabalha, ganha bem e gasta o dinheiro em coisas materiais. Não gasta em cremes para as rugas, mas em tênis e bicicletas caríssimas. Diga-me como você de fato transforma este mundo que não lhe agrada e que eu perpetuo. Aí, sim, seria difícil de refutar, porque eu na verdade não faço ideia de como agir para ajudar nessa transformação. O que eu deveria fazer, doar metade do meu salário para os pobres? Aí sim eu estaria me aproximando de um mundo menos miserável? Não acho que seja essa a solução, mas também não acho que a saída seria agir como se nada me incomodasse. Talvez a diferença entre ela e eu fosse um desejo insatisfeito de minha parte, e mais nada. Eu só poderia lhe dizer que no meu caso eu era um peixe que se movia nessa água porque não sabia o que fazer para evitar isso, alguém que no fundo tinha brânquias *apulmonadas* que me obrigavam de tempos em tempos a respirar fora dessa água para não morrer. Pena que quem me veja de fora só me veja esvoaçando com facilidade, a seu lado, leve e feliz. Visto daí, não se percebe o que acontece por dentro. Nosso problema é de estruturas, não daquilo que se vê. Por isso antes nem eu mesmo tinha isso tão claro, mas agora se tornou evidente: não posso me casar com você. Sinto muito.

    Depois vinha a hora de caçar caranguejos: era preciso ter estilo, técnica , já que eles nos beliscavam com suas garras até sangrar. Era preciso cercá-los, cobrir de areia seus esconderijos para que não pudessem se refugiar ali e depois persegui-los até chegar perto o suficiente para pressionar sua carapaça contra a areia até imobilizá-los. Depois, segurava-se sua carapaça com os dedos, pelas costas, e pronto, o animal era seu para você observar e transportar, livre do alcance de suas garras. Construíamos coliseus romanos na areia para vê-los brigando e fazíamos apostas sobre qual dos dois atingiria o outro, numa garra ou num olho. Um dia, Andrés, o caçula dos Pareja, jogou uma dupla de caranguejos na fogueira para registrar as etapas de seu sofrimento e os diferentes sons da explosão de seus membros com o calor, e Pablo, um dos amigos de seus pais que também era assíduo nos acampamentos, deu-lhe uma bronca acadêmica e humanística tão traumática que nunca mais nenhum de nós voltou a pegar um caranguejo, nem mesmo para ver seus olhinhos de perto. Entre as coisas que ele disse ao garoto, lembro-me com clareza de uma: "Se na sua idade você trata assim os caranguejos, quando tiver a minha vai tratar assim as pessoas".

Com certeza em algum momento ela começaria a chorar. É uma mulher inteligente e, embora seja boa num confronto, nem sempre consegue ganhar todas as batalhas e fazer com que as coisas acabem sendo como ela quer. Depois de se acalmar, procuraria me entender, trataria de encontrar seus melhores argumentos para me demonstrar que eu estava enganado, que na verdade estava apaixonado por ela e que portanto estava cometendo um erro e, se depois de tudo isso ainda me visse bastante determinado, ela perderia o controle e começaria a chorar. Só uns poucos de nós tínhamos o privilégio de nos sentar na mesa dupla de madeira e entrar no jogo de *dudo,* ou "dado mentiroso", que jogávamos com um copo de couro contendo cinco dados. A noite começava com vários participantes, mas no final ficavam apenas os mais farsantes e afiados na arte de adivinhar ou inventar a face dos dados que jogávamos sobre a mesa: José Ignacio, tio Jorge e eu. Embora nenhum dos três fosse superior aos outros, o *dudo* era um jogo em que, assim como na vida, ganha-se mais por malandragem do que por inteligência. Eu diria a ela que meu ponto de vista é muito difícil de explicar, de provar ou de medir. Trata-se simplesmente de uma forma diferente de compreender o mundo. Ali onde ela enxerga um motivo para aplaudir, eu vejo uma fraude, uma impostura, um abuso de poder ou a herança de algum abuso de poder do passado. Eu me sinto desconfortável com o que vejo na mídia, nas ruas, em cada metro desta cidade. Ela vai me dizer que, se eu sofro tanto, que faça alguma coisa para mudar as coisas, ou procure uma via alternativa. E isso sim estaria correto, outra vez, pois só existem duas maneiras de acabar com esse desconforto: subverter a ordem ou escapar dela. Ou então se transformar num subversivo (ou melhor, num *hipster:* um ativista) e sair por aí ferrando com meio mundo para que o apoiem ou o encarem como um louco, ou então procurar um lugar melhor para viver, onde cada metro quadrado não me incomode.

Fico observando os primeiros ostreiros do dia e me sinto comovido. Seus olhos coloridos – o centro amarelo, a auréola vermelha – perfuram seu capuz de carrasco e dão a impressão de que estão sempre nos olhando de soslaio. Talvez restem agora muito poucos, porque estes dois são os únicos à vista. Em outras épocas eles eram os senhores desta praia. Pelo que se sabe, o verão é sua época de acasalamento e por isso uma grande parte deles anda sempre aos pares. Quando eu era criança achava que era sempre assim, que eles passavam o ano inteiro caminhando juntos, protegendo-se e fazendo companhia uns aos outros. Com os anos, a gente acaba entendendo que em nenhuma espécie essa proximidade se sustenta no tempo. Ao que parece, durante o inverno eles se afastam, mas no verão se tornam inseparáveis. Fazem seu ninho em qualquer parte da praia, de preferência em cima de alguma protuberância ou montículo, e ali, enquanto a fêmea choca seus ovos, o macho afugenta os intrusos. Talvez por isso a intensidade de seu guincho tome conta de tudo, um grito seco seguido de uma réplica de ecos intermitentes que vão diminuindo até o silêncio. Caminham erráticos e decididos, para demonstrar que a praia é deles, e não sua.

Em fins do século passado, Jerry Cohen já era uma celebridade no âmbito intelectual. Depois de um périplo profissional por diversas universidades inglesas, tinha retornado a Oxford e agora era professor emérito no All Souls College. Apesar de já ter publicado mais de uma dúzia de livros sobre temas de filosofia política contemporânea, resolve escrever então um artigo que sai do cercado daquilo que os acadêmicos costumam escrever ou, em outras palavras, rompe com a distância habitual entre a questão e aquele que a formula. Cohen se pergunta como deve viver uma pessoa que acredita numa sociedade igualitária, mas não vive numa delas. É assim que ele publica "If You're an Egalitarian, How Come You're So Rich?" (na tradução espanhola da Paidós: "Si Eres Igualitarista, Cómo Es que Eres Tan Rico?") [Se Você é Igualitarista, Como Pode Ser Tão Rico?]. O texto enumera e desenvolve onze pontos que tentam examinar a inconsistência aparente que existe entre aqueles que acreditam firmemente numa sociedade igualitária e ao mesmo tempo vivem ganhando altos rendimentos e fazendo pouco ou nada para conseguir que sua sociedade seja menos desigual. O que Cohen procura deixar claro é que acreditar na validade de uma sociedade igualitária não exige necessariamente um tipo de comportamento daqueles que vivem numa sociedade que não seja assim. Mais do que formular a pergunta para dar uma resposta ou acusar alguém de incoerente, a cada momento se tem a impressão de que Cohen faz essa pergunta para entender sua própria situação de acadêmico aburguesado com convicções igualitaristas.

A resposta não é nem simples nem concreta porque tangencia com um problema filosófico de longa data conhecido pelo nome de *acracia*: pode-se pensar que é moralmente correto fazer X e ao mesmo tempo não ter nenhuma intenção de fazer este X. Será que esse comportamento é inconsequente? Se nem Sócrates nem Aristóteles conseguiram chegar a um acordo sobre isso, dificilmente Cohen iria resolver a questão de uma canetada. Ele achava, no entanto, que a inconsequência está estreitamente ligada à razão pela qual um igualitarista não deseja uma sociedade desigual. Se for, por exemplo, porque acredita que a desigualdade em si é moralmente condenável e injusta, aí sim, ele está sendo incoerente ao guardar suas moedas e não repartir sua pouca ou muita riqueza com aqueles que não têm nada. Mas se, pelo contrário, ele condena uma sociedade desigual não é a desigualdade em si, mas o fato de que ela divida a sociedade entre ricos e pobres – destruindo o senso de comunidade, alienando, etc. –, então, aí sim, doar uma parte de seu dinheiro aos pobres seria um gesto estéril. Na essência, a desigualdade é vista como uma fratura social que a filantropia não irá curar. Qualquer ação privada se torna insignificante diante das dimensões da ação estatal.

Para refrescar ou complementar (ou de repente parodiar) um de seus pontos e atentar novamente contra a seriedade do formato, Cohen volta a transgredir o código acadêmico e desta vez cita um trecho do romance satírico de David Lodge, *Small World* [Pequeno mundo] (*O mundo é um lenço*, na tradução da Anagrama). Lodge recria o encontro entre Morris Zapp, um professor judeu do estado norte-americano de Euforia, e Fulvia Morgana, uma revolucionária e intelectual com muito dinheiro. Zapp e Morgana se conhecem num voo de Londres para Milão quando ele interrompe a leitura dele, de um livro de Louis Althusser e ela o convida a ir à sua casa nessa noite. Depois de viajar no Maserati de Fulvia do aeroporto até sua mansão nos arredores de Villa Napoleone e já tomando um uísque com gelo trazido numa bandeja de prata por uma empregada de uniforme preto e avental branco, a conversa prossegue assim:

> *"Há uma coisa que eu preciso lhe perguntar, Fulvia", diz Morris Zapp, enquanto bebe um gole de seu copo, "posso parecer um pouco ingênuo, e até descortês, mas não consigo me segurar mais... Gostaria apenas de saber... como você consegue conciliar sua vida de milionária com o fato de ser uma marxista?".*
>
> *Fulvia, fumando com certo desdém, movimenta seu cigarro com filtro pelo ar:*
>
> *"Uma pergunta bem americana, se você me permite, Morris. Certamente eu reconheço as contradições em nosso modo de vida, mas essas são as contradições características da última fase da burguesia capitalista, o que vai provocar que ela entre eventualmente em colapso. Renunciando aos nossos pequenos privilégios – aqui Fulvia balança suas mãos num gesto modesto de proprietária que implica que ela e seu marido desfrutam de um padrão de vida que está um ou dois degraus acima de, digamos, uma família de porto-riquenhos morando com auxílio*

social no distrito de Bowery em Manhattan – não iremos acelerar nem um minuto a consumação do processo, que tem seu próprio e inexorável ritmo e velocidade e está determinado pela pressão das massas, e não pela pequena ação dos indivíduos. Visto que em termos de materialismo dialético não faz nenhuma diferença para o processo histórico que Ernesto e eu, como indivíduos, sejamos ricos ou pobres, é melhor que sejamos ricos, já que é um papel que sabemos desempenhar com alguma dignidade. Ao passo que ser pobre com dignidade, pobre como nossos camponeses italianos, é uma coisa que não é fácil de aprender, é uma coisa curtida nos ossos através das gerações".

Agora que estou correndo por esta orla – já estou de volta –, vejo a verdadeira dimensão das mansões construídas depois que lotearam as mesetas dos morros e com isso monopolizaram a praia, de certa forma, para que agora poucos possam entrar. A irmã de minha noiva é uma dessas pessoas que construíram uma daquelas casas aqui e que às vezes nos convida para passar alguns dias, como agora. Esta é a segunda vez que estou vindo desde que era criança, não consigo superar meu espanto. Em muitas praias do sul que antigamente eram ocupadas apenas pelos campistas, os atuais clubes de proprietários fizeram com que as construções fiquem localizadas de maneira que nenhum estranho – quer dizer, nenhum cidadão que não seja membro do clube – possa entrar. Os terrenos ocupam de um penhasco a outro de forma que circundam a praia e só permitem a entrada pelo mar. Nos lugares onde a lei exige que se abram acessos através de servidões de passagem para que os visitantes possam entrar, eles levantam cercas vivas, cobertas com ervas daninhas e, num caso inconcebível para este século, constroem uma capela que bloqueia o caminho. Da primeira vez que nos convidaram para passar uns dias, mencionei o assunto na frente de toda a família, durante o almoço. Comentei que nesta praia já não havia pescadores como antes porque, com a ajuda da Igreja católica, bloquearam todos os acessos, mas ninguém respondeu. Todos ficaram calados, até que o dono da casa, o cunhado de minha noiva, tentou fazer uma piada: "Bem, não vamos virar comunistas, não é mesmo?, melhor aproveitarmos e acabarmos com a carne que resta". Depois riu e os outros celebraram. Essa é uma amostra de por que não posso continuar com você, esta é a verdade. Para você, seu cunhado é um administrador de sucesso que fez dinheiro graças a seu esforço ininterrupto, sua boa visão e sua coragem para correr riscos. Para mim, ele é um bobalhão e nada mais, um sujeito que soube usar bem seus sobrenomes e suas heranças para multiplicar seu dinheiro, e até aqui não há nada para se aplaudir. Ainda por cima, é um desses espécimes que defendem que continuem levantando muralhas, que mede as pessoas pela carteira, que conjuga mal os verbos e fala aos gritos no celular. O que mais você quer? Nele podemos ver perfeitamente os desencontros pelos quais você e eu não devemos continuar juntos.

Perto de casa, voltei a ver um casal de ostreiros. Há alguns anos, perguntei-me se o fato de andarem sempre aos pares era uma questão de proteção ou de reciprocidade. Toda vez que via um casal... seria sempre o mesmo? O mesmo do ano anterior, do dia anterior? Ou será que as pessoas viam casais românticos onde havia apenas associações de pares que iam trocando entre si? Não poderiam ser praticantes de *swing*? Averiguei e descobri que os ostreiros são monogâmicos, e ficam a vida inteira com o mesmo par. Fiquei impressionado quando soube disso. Perguntei-me se eles não mudavam de caráter com o tempo, se não se cansavam do outro, ou se não se entusiasmavam com outros exemplares de sua espécie. Cheguei até a pensar que no inverno, que não era época de acasalamento e portanto eles se afastavam, eles recarregariam as energias para se suportarem durante o resto do ano.

Entrei na casa, tirei os tênis e a roupa e tomei uma chuveirada. Ela já estava de pé e me perguntou se eu queria sair para correr. Acabei de fazer isso, disse a ele, e embora tenha feito uma expressão de inconformada, deu-me uma alternativa: então vamos caminhar um pouco pela praia até a hora do café, veja como ainda é cedo. Fiz uma careta de resistência, mas no final acabei cedendo.

– Você foi até as rochas? – perguntou, referindo-se ao sul.

– Não – respondi –, corri por toda a praia grande.

– Então vamos caminhar até a Prainha.

Concordei porque de fato era cedo e porque, no fim das contas, caminhar descalço pela areia era bem diferente de correr de tênis. Quando chegamos às rochas, a maré estava baixa e pudemos chegar com facilidade à Prainha.

Ao vê-la, fiquei perplexo e fascinado: havia um grupo de barracas formando uma meia-lua na areia, mas tirando isso a orla era um tapete de ostreiros que mal perceberam nossa chegada.

– Veja isto! O que aconteceu aqui? – perguntei entre assustado e maravilhado.

– Esta aqui eles deixaram livre – respondeu ela, sabedora da causa.

Ela me explicou que a empresa que loteou as terras tentou fazer aqui uma prainha exclusiva, que vendeu dez terrenos na parte mais alta do morro e começou a construir, mas em pouco tempo tudo veio abaixo porque a terra era arenosa demais e no primeiro tremor tudo desmoronou. Se alguém observasse com atenção poderia ver, na metade do morro, alguns pedaços de muro que nunca foram retirados. As pessoas que compraram os terrenos abriram um um processo contra a construtora e a coisa ainda estava correndo. Enquanto isso, tinham resolvido deixar a praia para os campistas, mas mesmo assim vinham muito poucos, porque o único acesso era percorrendo os seis quilômetros da praia grande. A situação o deixou boquiaberto. O lugar era um paraíso, e apenas graças ao fracasso de um daqueles projetos de apropriação privada. Do contrário, teria outro molhe de concreto e uma descida por funicular fazendo sombra para nós neste instante. Não haveria caçadores de ostras nem campistas e até as algas das rochas teriam sumido.

Resolvi observar a movimentação dos ostreiros. Comentei com ela que não vinha à Prainha desde que era criança. Ela me perguntou com que idade paramos de vir. Depois me perguntou por que paramos de acampar. Contei-lhe que um dia desceram alguns encapuçados do morro e nos roubaram. Desde então, Paco não quis voltar. Ficamos em silêncio e olhamos para a praia grande, e quando percebi meus olhos estavam procurando o lugar onde costumávamos armar nossa barraca. Comecei a me lembrar daquele dia.

Eram quatro sombras que já à época eu achava gigantescas. De pé diante do acampamento e recortados pela luz da lua, tinham saltado de uma caminhonete de estribos altos. Algum tempo depois, Paco nos disse que eles estavam armados, que um deles carregava uma escopeta de caça – esse era o mais evidente, dizia – e o outro um revólver na cintura do qual só se via o cabo. Com ameaças, obrigaram minha mãe, minha tia Alicia e eu – que devia ter no máximo uns nove anos – a entrar no trailer. Ali de dentro, pelo vidrinho da porta, vimos como Paco e tio Jorge esperaram que o veículo parasse diante deles. Eu já tinha me dado conta de que alguma coisa estava errada desde o momento em que Paco pegou a pequena bolsa que guardava debaixo de sua cama. Estávamos quase na hora de jantar, todos em torno da mesa jogando *dudo* e de repente duas luzes desceram diagonais e velozes do morro. Nesta praia, os carros só entram pela areia. Os pneus afundam um pouco e é preciso avançar seis quilômetros até chegar à nossa área, pouco antes das rochas delimitarem o final da praia grande. Ninguém entra pelo morro porque é quase impossível, a não ser pela gruta, onde às vezes se pode ver areeiros ou algum suicida em sua caminhonete procurando ganhar uma aposta. Eles, em compensação, desceram como quem executa uma ação rotineira, rápidos e seguros, direto para seu objetivo. Naquela pequena bolsa Paco levava sempre uma arma, por isso para mim estava claro desde o início que as luzes que desciam vertiginosamente não iriam trazer nenhuma boa notícia. Os sujeitos desceram devagar assim que o veículo parou. A caminhonete, com uma iluminação intensa que sobressaía por cima da cabine, encarava o acampamento de frente, como o rosto de um touro a ponto de atacar. Avançaram alguns metros até nosso toldo, que era sustentado num dos lados pelo trailer e sob o qual Paco e tio Jorge esperavam por eles. Ali eles diminuíram as luzes e, parados na penumbra, começaram a falar. Pediram água, mantimentos e dinheiro. Paco entregou a eles o contêiner de comida inteirinho, tio Jorge apanhou um galão de água de vinte litros do trailer e os dois se despojaram de todo o dinheiro que traziam com eles. Não devia ser muito, porque ninguém leva grandes quantias quando vai à praia, mas fizeram o gesto simbólico de esvaziar suas carteiras diante deles. Os sujeitos carregaram tudo e ligaram o motor. Paco diz que quando chegou perto do que fez os pedidos, que com certeza era o líder, ele lhe disse em voz baixa: "A revolução agradece a vocês". Depois giraram a caminhonete numa circunferência de raio bem largo e se perderam nos seis quilômetros de praia que conduzem à estrada.

Um dos últimos escritos de Cohen foi um pequeno ensaio intitulado *Why Not Socialism?* [Por que Não o Socialismo?].

Em vez do clássico *paper*, publicado numa revista acadêmica, o selo Princeton University resolveu editá-lo num livro cuja aparência física é mais uma modalidade de brinde do que um trabalho acadêmico. Trata-se de um livro-objeto de quatro polegadas por seis, capa grossa e uma folha de rosto em que aparece uma rosa solitária de pétalas em vermelho bem vivo que sai do "y" de "*why*". Sempre me imaginei entregando essa rosa a uma mulher e vencendo com ela qualquer resistência.

Cohen começa com o exemplo de um acampamento entre amigos e se põe a explicar suas regras. Uma delas é a ideia de que, durante esses dias de extravio, todos nós deixamos na entrada da praia nossas vidas anteriores e esquecemos quem somos nas escadarias da sociedade urbana a que pertencemos. Ali todos dormem em barracas e – tirando nós que dormíamos no velho trailer que Paco herdou de seu pai – pouco interessava o tamanho ou a marca. Depois todos têm que colaborar com a comida. Embora em nossa sociedade a mulher trabalhe mais por deformação cultural, no nosso caso não era assim. Paco e eu instalávamos a cozinha, carregávamos os pratos e as panelas e, se ela pescava alguma coisa, todos depois o ajudavam a desossar peixes ou abrir os moluscos como as *machas* e *señoritas* para depois servi-los com limão e sal. É verdade que minha mãe, assim como tia Ingrid – a mãe dos Pareja –, costumava cozinhar de vez em quando uma massa, mas essa não era a norma. Cohen fala que ali todos lavam os pratos e as panelas, outro espaço onde a comunidade supera o indivíduo, e isso era exatamente o que nós fazíamos. Quando alguém precisava ir ao banheiro, tinha que andar até as pedras observadoras e mudas e procurar algum companheiro solidário que o ajudasse segurando uma toalha esticada para que o encobrisse para não ser visto pelos outros. Cohen começa descrevendo a solidariedade que se estabelece num acampamento e demonstra que esse, sim, é um verdadeiro socialismo. Na verdade, os argumentos para refutá-lo até esse ponto são poucos.

Os ostreiros vivem em muitas praias do mundo e se imagina que escolham sempre as menos povoadas. Às vezes, naqueles anos em que a população de aves era muito maior, eles se vinham até nosso acampamento com movimentos erráticos e milimétricos. Mamãe dizia que tinham vindo nos visitar, mas eu sempre achei que era o contrário, que vinham nos pedir satisfações por invadirmos seu habitat e exigir que, para justificar nossa ousadia, pelo menos lhes déssemos comida. Este sempre foi o lugar deles e nem mesmo agora, com a epidemia da construção de casas, sucumbiram. Desaparecem durante os fins de semana do verão, mas voltam nos dias de pouco público, nas horas e nas temporadas em que podem recuperar seu próprio ambiente. e assim eles sobrevivem e durante décadas continuam se reproduzindo. Depois que Cohen apresenta esta definição do socialismo, passa imediatamente a se perguntar por que o mundo não pode funcionar assim. A resposta mais simples seria argumentar que o mundo não é um acampamento. Isso, por sua vez, só nos leva a nos perguntarmos por que ele não é, ou por que ele não poderia ser um. Cohen constrói sua resposta a esta pergunta a partir do próprio acampamento. Começa explicando as diferenças de aptidões, e que, por exemplo, se alguém é mais hábil para a pesca e é quem sempre apanha os linguados maiores, então de repente ele há que pensar que tem direito a um pedaço maior. Então, começa a pedir um tratamento especial e diferenciado e os restantes se veem obrigados a aceitar ou começam as discussões. Tio Kike, felizmente, nunca pediu um pedaço de peixe maior; mais ainda, acho que ele fazia malabarismo na hora de desossar para que pudesse dar para todos. O outro motivo que Cohen apresenta é a diferença de esforços. Enquanto um pode conseguir algumas frutas para o grupo caminhando poucos metros, outro de repente precisa passar mais horas caçando para trazer outro alimento melhor. Paco e tio Jorge iam ao povoado de mala de três em três dias para nos abastecer de mantimentos e demoravam várias horas nessa tarefa. Talvez a explicação esteja no fato de que, como éramos todos uma grande família – dada a amizade próxima com os Pareja –, então não havia nenhuma tentativa de ficar com a maior comida ou com aquele que compensasse o grau de esforço que cada um havia investido.

Com o céu já escuro, ou apenas riscado de um alaranjado esmaecido, saíamos do mar e dávamos uma enxaguada rápida e precária com água-doce. Cada um tinha uma garrafinha de meio litro para tirar o sal do corpo e depois nos agasalhávamos para acender a fogueira. Depois que o fogo já estava flamejante, deixávamos que ele diminuísse e colocávamos a grelha sobre dois tijolos refratários. Esse era o momento culminante do dia, ver a carne assando sobre as brasas e olhar algumas línguas de fogo remanescentes se mexendo sem um padrão. O ambiente era propício a histórias tétricas ou românticas, enquanto todos tentávamos nos colocar como uma lagarta, apoiados sucessivamente nas cadeiras ou nas pernas da pessoa ao nosso lado. Nisso eu sempre tive que fazer malabarismos, porque cabia a mim ficar apoiado em Carlinha, a prima dos Pareja que tinha um sorriso saído de um conto infantil. Rapidamente desdobrávamos os sacos de dormir em torno da fogueira, fazíamos pequenos montes de areia que nos serviam de travesseiros e íamos apagando ali mesmo enquanto as histórias iam crescendo ou alguém pegava um violão e cantava baixinho. Paco sempre vinha me pegar e me carregava até o trailer; os Pareja podiam dormir ao ar livre, talvez porque eram tantos que as barracas não eram suficientes para todos. Cohen conclui que a grande impossibilidade de expandir esses socialismos é a questão da grande escala. Quando há pessoas demais e uma não conhece as outras, qualquer gesto de solidariedade comunitária é visto como um absurdo ou como uma ingenuidade, pois ele nunca será retribuído.

A única coisa próxima dos falanstérios ou comunidades de socialistas utópicos do século XIX que cheguei a conhecer foi uma fazenda de pinheiros que alguém tinha fundado nos arredores de Cajamarca. Era uma cooperativa madeireira onde décadas antes um europeu havia trazido sementes de pinheiros dos Alpes e as plantou ali. As sementes floresceram naquele vale com tamanha intensidade que quem chega ali já não sabe se está nos Alpes ou nos Andes. Quando estive lá de visita por alguns dias, jantei num refeitório geral onde a comunidade se reúne. A comida era a mesma para todos e cada habitante tinha direito a uma porção. As casas eram austeras e todas de tamanhos semelhantes. E, embora cada um tivesse uma ocupação diferente, todas faziam parte de uma só atividade produtiva – a semeadura e o corte dos pinheiros – e o dinheiro arrecadado ia para a comunidade. O que mais saltava aos olhos, e talvez isso pudesse explicar por que todos estavam comprometidos uns com os outros até o ponto de renunciarem a suas ambições particulares, era que se tratava de uma comunidade evangélica. Depois daquela experiência, sempre me perguntei se para priorizar o comunitário é preciso que haja um elemento de coesão vertical como um pastor ou um ditador. Talvez, como alguns alegam, a inércia do gene humano nos leve a nos preocuparmos com nossos próprios interesses e qualquer experimento comunitário onde não se restrinja a liberdade de escolha esteja fadado ao fracasso.

Lembro-me dos acampamentos de minha infância como sendo os momentos mais felizes de minha vida e tenho certeza de que não era simplesmente porque não tínhamos que ir à escola ou pela temperatura agradável do mar. Também era porque sentia que minha família era muito maior nesses dias. Tudo permanece em mim como uma única grande lembrança e não sou capaz de diferenciar um ano de outro, a não ser aquele em que morri de ciúmes porque Carlinha trouxe um primo da Colômbia que não desgrudava dela, ou aquele em que peguei uma insolação que me arrancou três camadas de pele. O último acampamento que fizemos foi, de fato, aquele em que os supostos revolucionários desceram do morro. Para o bem ou para o mal, dessa vez os Pareja não tinham vindo, por isso para mim esse não contava como um dos acampamentos de verdade. Tenho certeza de que aquele dia representou o fim de uma das etapas mais memoráveis da minha vida. Jerry Cohen publicou este último ensaio em 2008 e morreu um ano depois, aos 68 anos, vítima de um infarto fulminante.

– Você sabe qual é o problema da humanidade? – perguntei a ela.

Ela não respondeu. Ergueu a sobrancelha e liberou seu ceticismo gentil, aquele que ela costumava ter quando intuía que eu iria lhe dizer alguma coisa que a incomodaria.

– A propriedade. Ou, para ser mais exato, a ansiedade de possuir. Desde a família até os objetos, tudo isso são criações culturais, mas vivemos achando que fazem parte da natureza. Se nós humanos não tivéssemos a ansiedade de possuir, não estaríamos tão necessitados de ter uma família. Se soubéssemos que cada ser humano é filho da vida, não teríamos a necessidade de nos reproduzirmos e trataríamos todas as pessoas da mesma forma como tratamos os membros da nossa família. Ou então a ideia de família seria maior, abrangeria comunidades, cidades, até nações inteiras. Era assim na Grécia antiga. Sem essa ansiedade de possuir, a herança perde sentido; e, se não houver herança, a acumulação se torna bastante inútil. Haveria então uma solidariedade maior entre as pessoas, só pelo fato de sermos da mesma espécie, já não apenas entre parentes, amigos ou compatriotas.

Ela ficou me observando. Concordou com a cabeça, fingindo consternação, um gesto simples e sem consequências que ela também teria feito se eu tivesse dito que o problema da humanidade é a tuberculose. Disse-me para voltarmos, porque o café da manhã já deveria estar servido. Perguntei-lhe se poderíamos ficar ali, que precisávamos conversar, que depois tomaríamos café, sozinhos. Ela me olhou espantada. Ela respondeu que de maneira nenhuma e começou a voltar. Teve que se virar quando lhe anunciei que ao meio-dia retornaria a Lima. Aí ela começou a reclamar, levantando os braços. Mencionou a palavra *família* umas cinco vezes, alguma coisa relacionada a ficar bem, à minha imaturidade e às boas maneiras, e acabou me advertindo que não iria aguentar essas minhas idiotices quando estivéssemos casados. Quis lhe dizer que eu e ela já não iríamos nos casar, mas ela caminhou mais rápido do que eu conseguia articular minhas ideias. Olhei pela última vez a Prainha e pensei que talvez Cohen tivesse razão e que, em pequena escala e ali onde ninguém se importa ou onde não se pode ganhar dinheiro, os inofensivos experimentos socialistas são possíveis. Pensei que depois de todos estes anos muitas coisas haviam mudado no meu mundo, mas algumas outras não: nós que andamos inconformados com esta realidade continuávamos tendo as mesmas opções de três décadas atrás: subverter ou sucumbir, sem nenhum meio-termo. Subverter e se arriscar a ser tratado como um dos piores meliantes do mundo, engaiolado e separado dos outros por não ser igual a eles. Ou sucumbir e aceitar ser mais um neste mundo, mimetizar nossa moral e morrer da mesma forma, de vertigem comercial, consumidos pelo cotidiano como as folhinhas de tabaco de um cigarro.

Naquela tarde, minutos antes do importantíssimo almoço familiar, peguei minha maleta e parti rumo a Lima. Achei desnecessário me despedir. Ela iria me dizer por que não pensei antes em tudo aquilo que estava lhe dizendo e eu não saberia o que responder a ela. Tanto fazia, eu não voltaria a vê-la de novo depois daquele dia.

Li há pouco que os ostreiros cuidam de suas crias por muito pouco tempo, já que, quando veem que não podem fazer isso como gostariam, eles as deixam com outras espécies, geralmente com as gaivotas, e retomam seu ciclo migratório. Li também que procuram um jeito de poupar ao máximo as energias, deslocando-se a maior parte do tempo a pé. Só quando é absolutamente necessário elas saem voando.

SEGUNDA PARTE

O cantador de feira

"O grande poeta de Los Heraldos Negros *[Os Arautos Negros]* e Trilce *– esse grande poeta que circulou ignorado e desconhecido pelas ruas de Lima tão propícias e entregues aos cantadores de feira – apresenta-se, em sua arte, como um precursor do novo espírito, da nova consciência."*
José Carlos Mariátegui

FORJADORES DE TRISTEZAS
POR ANTONIO LANDAURE

Nestes últimos tempos, tem variado de modo substancial a opinião dos peruanos em relação ao nosso país. Venceu-se o legado desalentador deixado pelos escritos de César Vallejo. Creio que Vallejo foi um poeta digno de um prêmio Nobel, mas lamentavelmente deixou um influxo nefasto e destrutivo no inconsciente de todos os peruanos.

Em seu poema intitulado "Espergesia", por exemplo, ele diz: "Eu nasci num dia em que Deus estava doente". Com uma frase assim não se cria um realizador pujante, mas antes seres derrotistas e complexados. É preciso contrapor-se a esse desacerto dizendo a nossas crianças que elas nasceram num país fantástico, rico, luminoso, justo; numa manhã de euforia, quando na corte celestial se celebrava uma festa.

Por outro lado, Ribeyro era outro que fazia apologias do fracasso. Basta ler seu conto "Alienación" [Alienação] para nos darmos conta de como uma situação forçosamente fictícia termina numa deplorável tragédia.

Mas o pior em todo este desdobrar de desesperanças é que centenas de intelectuais e políticos assimilaram estas influências derrotistas e sofrem da doença que Ludwig von Mises classificou como o "dogma Montaigne". O grande escritor Michel de Montaigne concluiu em seu ensaio de número 22 que "a pobreza dos pobres se deve à riqueza dos ricos", o que sempre foi uma gigantesca mentira. Muito pelo contrário, a propriedade privada é devidamente estabelecida e regulada, e as forças do mercado começam a funcionar em plenitude, a criatividade empresarial eclode e tem início uma multiplicação frenética da riqueza. Que maior exemplo do que os milhões de chineses que saíram da extrema pobreza nos últimos anos?

Lamentavelmente, o dogma Montaigne foi assimilado e repercutido por autores como Voltaire e Marx, o que provocou genocídios injustificáveis como a Revolução Francesa e tantos outros do século XX. Foi uma fonte de animosidade e rancor em que se fermentou um ressentimento contra os ricos do mundo, o que sustentou a base dos sistemas comunistas que tão estrondosamente fracassaram. As ideias equivocadas podem ter repercussões devastadoras e se multiplicam e se profundam por séculos. O dogma Montaigne desnaturalizou e caricaturou muitos empreendedores que através dos anos conseguiram ao custo de uma persistente dedicação, de esforço e honradez, um grau razoável de conforto material. E foi isso o que ocorreu no Peru por muitas décadas. Que maior exemplo do que o do militar ditador que incitava os camponeses a se sublevarem contra seus patrões e não os deixar continuar comendo e desfrutando do trabalho dos primeiros?

É indiscutível que muitos personagens da esfera pública, desde políticos até economistas, passando por intelectuais e ativistas, continuaram acreditando neste dogma e não foram capazes de olhar em volta e se livrarem de sua ignorância para erradicarem de suas mentes uma ideia que trouxe apenas atraso e miséria.

Bernardo Rosi acabou de ler o artigo na tela do computador e ficou imóvel. Algum vago alerta tinha sido disparado em seu cérebro, mas ele não conseguiu determinar qual. Seria o estilo?, o tom de afronta?, a sequência forçada que pulava de Vallejo a Von Mises e daí para a situação peruana dos anos 70? É preciso ser audaz nas colunas de opinião, pensou Rosi, e Landaure estava sendo. Girou sua cadeira e pegou o fone interno para ligar para o diagramador e indicar a ele onde colocar o artigo que tinha acabado de ler.

Horas depois, desce até o andar da diagramação e pede que lhe mostrem a distribuição dos artigos na tela que os responsáveis pela paginação manobram. Certo, diz ele depois de alguns minutos de ajustes, e em seguida se despede e se retira da redação.

Quando chega em seu apartamento, Rosi tira da geladeira o prato de comida que a cozinheira deixa para ele todos os dias. Esquenta-o por alguns minutos e senta-se no sofá para em seguida ligar a televisão para assistir ao gordinho monótono que todas as noites corrige o mundo com suas entrevistas chatíssimas. Vê como desta vez o ministro do Comércio defende o acordo para eliminar uma tarifa dos produtos têxteis e se sente aliviado. Este país está avançando, pensa.

O ar marinho penetra pelas janelas do apartamento e lembra a Rosi que o verão ainda está forte e que a brisa que sobe da beira-mar conseguirá refrescá-lo por mais alguns meses. Desde que assumiu a direção da editoria política do *El Consorcio* no final do último inverno – uma conquista gigantesca para seus 34 anos –, ele passa a maioria das noites, inclusive as dos sábados, aplacando seu esgotamento físico nesse refúgio minimalista cuja principal virtude é poder ver a cara do mar. Um trabalho com tanta exigência e responsabilidade tinha que ser recompensado com rendimentos que lhe permitissem comodidades desse tipo. No início ele chegou a pensar que a iniciativa de se instalar na costa de Barranco era um tanto inútil. Nessa época do ano, a neblina esconde o mar completamente e o vento costeiro serve apenas para congelar os ossos de uma pessoa. Com jornadas de doze horas diárias na redação, ele só conseguia cair derrubado e assistir a uma hora de televisão. Com uma cama exagerada em que ninguém aquecia a outra metade, soava um pouco insensato pagar um aluguel altíssimo só para saber que, enquanto ele dorme, do outro lado da vidraça embaçada pela umidade, está o oceano Pacífico.

No entanto, à medida que o verão foi se aproximando, os fechamentos no *El Consorcio* se anteciparam e Rosi chegava em casa mais cedo. Embora muitas vezes continuasse trabalhando por telefone ou acompanhando programas políticos pela televisão, foi decorando o apartamento até o transformar num local adequado para os excessos dionisíacos que esperava que começassem em algum momento. Cores de contraste intenso, acabamentos em granito e mármore, livros de capa dura, uma adega vistosa e um balcão irreverente à sombra de uma trepadeira de taças de tamanhos e formatos variados era tudo de que ele precisava para seduzir uma mulher. Mas não qualquer mulher. Nadia Orams, seu desejo mais gigantesco, era uma ambição de uma beleza indescritível e um intelecto bem peculiar. E a essas suas virtudes ela acrescentava uma vaidade calculada que fascinava Rosi: a capacidade de discorrer, com conhecimento de causa, com uma taça na mão, sobre uvas, literatura, jazz e até sobre política, sem perder a elegância. Que mulher!, disse a si mesmo, e se deleitou imaginando suas tetas durinhas como doces de confeitaria, suas pernas carnudas e elásticas e seus cabelos obedientes que raramente invadiam seu rosto e que ela recolocava no lugar com um dedo indicador frágil e refinado, cujas falanges ela dobrava num ângulo de noventa graus para contornar o desenho da orelha. Seu pai deve ter lhe dito alguma vez que todas as Orams tinham o dom incomum de serem bonitas e inteligentes ao mesmo tempo, e Nadia devia ser o exemplar mais evoluído dessa fortuita reincidência genética. Convidou-a. Superou as cosquinhas iniciais deixadas pelo medo do fracasso e ligou para ela confirmando seu convite para o sábado. Nadia parecia risonha, animada, brincalhona. Aonde levarei você no sábado?, não pergunte, garota, deixe-me impressioná-la, embora eu saiba que o luxo a aborrece; vamos jantar e beber e depois, se você continuar eloquente e excitada, encenarei para você o catálogo de fantasias que minha cabeça coleciona desde que a conheci. Isso era o que gostaria de ter dito a ela, mas não, a timidez tinha feito de Rosi um sujeito sério e às vezes chato, que conseguiu apenas lembrar a ela sobre o convite para o sábado. Nunca revelar uma insatisfação, nem no francês mais elegante. Nadia confirmou: jantariam juntos neste sábado. Rosi ficou satisfeito, ansioso mas no fim das contas satisfeito.

Ao entrar na redação de *El Consorcio*, Rosi encontra Zuzunaga na porta de seu escritório. Imagina que ele esteja querendo comentar alguma notícia. Madrugou, Peter? Como sempre, seu louco. O que é que há?, alguma bronca com minha página? Este Landaure, Bernardo, quem é ele?

Rosi coloca o paletó num cabide de madeira que impede que sua roupa se deforme. Depois o pendura no travessão de um pequeno armário quando seu rosto faz uma careta de insatisfação que Zuzunaga não consegue ver. Esfrega os olhos, puxa a cadeira e finalmente se senta. Ele é um empresário da construção civil, diz, mas agora está envolvido em instituições ambientais; não é nenhum idiota, certo?, esclarece, é um sujeito muito instruído, vem de uma família de artistas. Não me sacaneie, Bernardo, o que você está querendo dizer com essa história de que não é um idiota qualquer, que é um idiota especial?, você leu o artigo dele?, ataca Zuzunaga com uma seriedade repentina. Como é que eu poderia não ter lido se está publicado na minha página?, o que é que tem, você acha que Vallejo não é triste?, acha o artigo provocador?, inflama-se Rosi. É a primeira vez que ele escreve aqui, não é?, é um dos seus novos colunistas?, continua Zuzunaga. Aonde você quer chegar, Peter? Qual o seu problema com o artigo?, responde Rosi, contendo-se. Nem sei por onde começar, Bernardo, mas este sujeito não faz a menor ideia do que está falando. Pois então comece por algum ponto!, enquadra-o Rosi. Pois eu não consigo acreditar que você não esteja vendo, que eu precise dizer isso a você; você sabe que eu aprecio muito seu julgamento político, seu fato jornalístico para o que deve ou não deve sair, mas... isto vai muito além da linha política, Bernardo, é um artigo escrito nas coxas.

Rosi caminha até a porta do escritório e a fecha. Embora a essa hora da manhã a redação do *El Consorcio* ainda seja um deserto e dificilmente alguém vai vê-los por trás das divisórias de vidro que demarcam seu escritório, estava impedindo qualquer interrupção possível. Pede-lhe que se sente e tira o exemplar de suas mãos para o colocar sobre a mesa e o reler.

Peter Zuzunaga, contemporâneo de Rosi, era um dos jornalistas mais inteligentes do *El Consorcio*; tinha sobrevivido a todas as ondas políticas e, apesar dos cortes e reestruturações trabalhistas que a redação tinha sofrido, era o subeditor internacional. Não tinha pedigree acadêmico e sua experiência profissional se limitava às paredes do *El Consorcio*. O único passaporte que o vinculava a seu cargo eram a seriedade e a qualidade de seu trabalho. E isso Rosi percebeu desde os tempos em que trabalhavam juntos como simples redatores. Por isso valorizava tanto sua opinião.

Muito bem, qual é o problema, você pode me dizer?, pergunta Rosi erguendo o olhar na direção de Zuzunaga assim que termina de reler o artigo. Ainda não está vendo? Pois não estou, que ele ataque dois símbolos nacionais das letras peruanas, ou que atire contra os mitos da esquerda?, o que é que está errado para você?, o primeiro ponto é a opinião dele e o segundo combina com a linha do jornal, qual é o problema?, insiste Rosi. O problema não é que ele bata de frente com dois símbolos nacionais das letras peruanas, mas a forma como ele faz isso: pedindo-lhes que sejam o que não são, exigindo-lhes que escrevam como Paulo Coelho..., criticando Vallejo porque seus poemas não servem para uma campanha publicitária. Bem, está bem, estou entendendo, concorda Rosi, é um artigo meio ingênuo, mas quero lembrar a você que é a opinião dele, e se o bombardearem será problema dele, não do jornal, esclarece.

Não tenho tanta certeza disso, Bernardo, quando bombardearem o artigo vão atirar também contra você por ter-lhe dado palanque; você deve escrever alguma coisa que faça um contrapeso, uma errata disfarçada, um contraponto. Pode parar por aí, interrompe-o Rosi, você está exagerando as coisas; lembre-se, meu chapa, Rosi se levanta, inclina-se em sua direção e arma um sorriso para lhe dizer em câmara lenta: ninguém lê as colunas de opinião, e os que leem se esquecem imediatamente, portanto se eles se incomodarem, melhor.

Zuzunaga ergue as sobrancelhas e, de quebra, imita seu sorriso, também fica de pé e mostra a Rosi as palmas das duas mãos: não estou entendendo por que esse artigo não o incomoda, o que precisaria acontecer para você ficar indignado?, que ataquem algum escritor que você de fato admire?, que digam que por culpa do Borges todos os argentinos são...? Você está caricaturando o assunto, argumenta Rosi. Pois eu não acho, mas você vai ver, disse-lhe por fim antes de sair do escritório, só espero que você não tenha dado um tiro no pé. Relaxe, Peter, aqui não houve nenhum tiro, mas vou levar em conta suas sugestões.

Rosi o despacha e fica sozinho em seu escritório. Quer acreditar naquilo que acabou de dizer a Peter Zuzunaga, mas alguma coisa não o convence. Para tentar esquecer o assunto, passa os olhos pelas notícias do dia. Ocorre-lhe que poderia escrever uma coluna no dia seguinte e atacar o Governo por seu jeito brando de enfrentar os protestos sociais do sul. Quer deixar claro como é essencial defender a propriedade privada e pensa em argumentos para sustentar isso. Lembra-se de que John Locke tem uma longa explicação sobre as origens da propriedade privada e que o próprio Adam Smith em suas *Lições de Jurisprudência* divaga sobre o assunto. Ele tinha lido os dois quando fazia seu mestrado em direito e filosofia na universidade de Georgetown, e então olhou em sua estante para ver algum de seus livros. Logo se lembrou do quanto seu trabalho diário estava distante da atividade intelectual. Quando aceitou o cargo, pensou que teria todas as manhãs para refletir, estudar e escrever seus artigos, e que só na parte da tarde iria administrar a distribuição das notícias com os subordinados encarregados dessa tarefa. Mas nunca aconteceu desse jeito, nunca conseguiu abrir um livro, repensar uma ideia, escapar de ficar apagando os incêndios do mundo da imprensa e, para ser mais exato, escrevia suas opiniões apressadas nos intervalos de seus afazeres. Esqueceu Locke e Smith e resolveu procurar a definição de "propriedade" na internet para extrair alguma ideia desses links criados por cibernautas anônimos. Como nada do que encontrou o convenceu, preferiu encostar o assunto por mais um dia e centrar fogo, para ser mais exato, na ineficiência do Congresso.

Quando dá meio-dia, fecha seu escritório e se dirige ao comitê de editores. Ali estão o diretor do jornal, Pablo Montalván, o afável filósofo de convicções camaleônicas que agora é o principal expoente da família proprietária do jornal; Bertha, editora de notícias, uma mulher conservadora e aguerrida – outra Montalván –, que ganhou um peso inusitado e se transformou no verdadeiro poder à sombra de Pablo; e, finalmente, Juan Mendívil, editor de economia e local, um dos homens mais antigos do *El Consorcio*. Todos estão sentados em volta da pequena mesa circular onde todo meio-dia se decidem, ao menos provisoriamente, o editorial e a capa do dia seguinte. Ali se discute, sem dúvida, mas cada um conhece bem os limites de sua autoridade, algumas barulhentas mas reduzidas, outras mudas mas decisivas e, como não poderiam faltar, algumas meramente figurativas.

O que temos para o editorial de amanhã?, pergunta Pablo com sua voz rouca e fanhosa, talvez o único imperativo que faz lembrar sua posição de diretor do jornal. A ineficiência do Congresso, começa Rosi, certo de que seu tema viria a convencê-los, uma pilha de leis promulgadas e não regulamentadas: La Oroya sem decreto de adequação ambiental, o Banco Central sem diretores e as Administradoras de Fundos de Pensão postas em xeque. Tudo isto temperado com os ataques do presidente do Congresso ao premier para fazer uma cortina de fumaça.

Juan Mendívil sabe que para sugerir uma capa ou um editorial e ter sucesso precisa convencer a editora de notícias, mas sabe também que precisa agir como se estivesse convencendo Pablo. Embora o verdadeiro poder estivesse com Bertha Montalván, e embora esse segredo fosse compartilhado pelo Peru inteiro, as formalidades eram o mais importante nesse comitê matinal. Eu sugiro centrar fogo na família presidencial, Pablo, diz Juan sem olhar para Rosi, se voltarem a mudar o irmão de penitenciária o assunto vai sair das mãos do Governo. Precisamos pressionar para que tirem dele qualquer tratamento preferencial e se resolva de uma vez por todas este assunto antes lhe custe mais um ministro. Não estou convencido, argumenta Pablo, já demos várias capas a esse assunto. E já atacamos bastante o Palácio, irrompe Bertha pela primeira vez, amanhã deveríamos nos ocupar do Congresso, que é um bando de preguiçosos. Acho legal, responde-lhe Pablo numa rápida mudança de opinião, vamos abrir amanhã com uma capa mais branda contra o Congresso.

No *El Consorcio*, todos sabiam que depois de algumas capas duras, quer dizer, provocadoras e explosivas, era preciso uma carga de panos frios que distraísse a atenção. Era isso que eles chamavam de capas brandas e eram aquelas de que Pablo Montalván mais gostava. Não tanto porque mantivessem aquele espírito equilibrado e moderado que o jornal havia mantido historicamente, mas porque evitavam as tempestades midiáticas em que os ataques de seus inimigos choviam sobre eles. Embora fizessem parte do ofício e geralmente eles fossem bem livres, Pablo detestava as tempestades. Ele era um homem de salas de aula, coquetéis, de editoriais sublimes e morais, quer dizer, de tudo aquilo que estivesse no extremo oposto do jornalismo peruano contemporâneo. Por isso, todos os dias ele sofria tentando emplacar capas brandas.

É melhor que Rosi prepare o editorial contra o Congresso, interrompe Bertha, como se o assunto já não estivesse encerrado, e até lhe sugiro uma capa branda sobre o enviado do Vaticano que amanhã vai encerrar o assunto da universidade. Uma coisa bem sucinta, que apenas informe mas que estabeleça a distância em relação a estes esquerdistas que não dão o braço a torcer.

Todos ficam em silêncio. Mendívil sabe que, quando a editora de notícias fala, já não resta mais nada a se discutir. Rosi observa. Pablo concorda, lentamente, levantando e abaixando a cabeça como se tivesse que cumprir o ritual de demonstrar a todos, inclusive a ele mesmo, que acaba de ser convencido e que sua permissão era a luz verde definitiva. Depois, pega o jornal do dia e o abre enquanto todos esperam que alguma outra pessoa quebre o silêncio... quando vê as colunas de opinião da seção política, ergue os olhos na direção de Rosi e o aborda com a precisão de uma flechada: Veja bem, Bernardo, quem é este Landaure, hein? Rosi se vê descoberto, surpreendido, desconcertado por uma pergunta que deveria ter intuído. É um empresário do ramo da construção que agora ocupa um cargo importante como ambientalista, representa o Peru diante do tratado mundial do Greenpeace... Então por que ele não escreve sobre o Greenpeace?, enquadra-o Pablo, recebi alguns telefonemas esta manhã por conta de seu artigo; ele ataca Vallejo e Ribeyro, e agora há pessoas achando que nosso jornal está contra eles, arremata. Ele é bem conhecido na área comercial, intervém Bertha para contrabalançar a caneta precária de Landaure, espanando a poeira de seus poderosos vínculos com a ala comercial do jornal. O que Pablo Montalván deveria perguntar? Por que o conhecem? Quanta publicidade ele traz para o jornal? Qual é seu verdadeiro tamanho? Mas não, ele prefere deixar passar esse comentário de Bertha e permitir que ela nade na lagoa das polissemias que todos interpretam, mas ninguém verbaliza. Você precisa deixar claro que é uma coluna de opinião, Pablo, esclarece Rosi para voltar ao plano jornalístico. Sim, mas também tem muita exposição na página quatro, defende o diretor, deveríamos passá-lo para a editoria de economia se ele for continuar escrevendo, artigos como este na seção política acabam gerando muitos anticorpos. Rosi encara Bertha e Juan. Este último faz uma careta de fastio: não joguem esse abacaxi para mim, seus olhos estão dizendo. Bertha, em contrapartida, retoma a palavra: vamos, Pablo, o artigo também não é ruim, no essencial é um artigo de direita que está completamente dentro da linha do jornal. Não sei, luta o diretor; em todo caso, Bernardo, entregue-me o próximo artigo dele quando o receber, para ver onde o colocaremos, diz antes de dar a reunião por encerrada.

Dirigindo-se ao seu escritório, Rosi pega o caminho mais comprido para passar pela editoria de cultura, onde fica Marisol, a estagiária que desperta seu apetite e ao mesmo tempo faz com que ele se dê conta de sua prolongada abstinência sexual. Por que você não poderia ter umas aventuras aqui e ali, Rosi, se não lhe faltam lábia e entusiasmo? Será que por acaso a ansiedade acaba traindo você, atrapalhando sua fala e cerceando suas expectativas porque você se sente derrotado antes de começar a batalha? Essa criatura fogosa que lhe sorri e aceita seu papo quando você lhe dá atenção não seria uma substituta de emergência se sua aposta com Nadia Orams for a pique? Você olha para ela. Ela olha para você. Faz o sinal de que está querendo parar para lhe dizer alguma coisa importante ou redundante, o que no caso tanto faz, mas você não para. Gesticula com o dedo indicador flácido, girando em círculos concêntricos como se mexesse uma xícara de chá: um sinal que está dizendo, eu já volto, eu já volto, mas você segue até seu escritório e dali para sua casa e com certeza não volta.

No dia seguinte, Rosi chegou à redação querendo demonstrar ao universo que nada o afetava, talvez querendo seguir, sem saber, o conselho de fundo que Landaure defendia em seu artigo: ânimo em alta e otimismo para vencer. Já em frente ao computador, foi direto para seus e-mails. O primeiro deles vinha de um jornalista amigo seu, que lhe encaminhava a coluna de um respeitado crítico literário.

SEM PASSAGEM PARA AS NUVENS

Ontem o jornal El Consorcio *publicou um lamentável artigo de opinião. Em linhas gerais, o senhor Antonio Landaure sugere que nós peruanos estaríamos melhor sem Ribeyro e sem Vallejo. Esta dupla de escribas impertinentes cometeram o desatino de nos ensinar que no Peru existem infâmia, desigualdade e protelação. Se, em vez de ler o que há de mais seleto em nosso cânone literário, nós peruanos contássemos com um bando de autores de autoajuda estimulando nossa fé, nossa sociedade seria outra. O melhor então é não ler nenhum dos dois, mandá-los às favas e assim nos assegurarmos de que nossos filhos não se contaminarão desse derrotismo desnecessário. E, ainda por cima, devemos incluir no pacote*

Vargas Llosa e Bryce, Arguedas, Eguren e Ciro Alegría, já que todos estes, em algum momento de suas obras, descrevem as cavernas escuras da condição humana e, pior ainda, da condição inumana de tantos peruanos.

Qual a melhor maneira de se eliminar as injustiças, senão parar de falar sobre elas, não é mesmo? Porque aqueles que acham que o mundo e o Peru são uma festa, como diz Landaure, pensam que o melhor é se lançar contra os que se mantêm à margem da fuzarca: eliminá-los do paraíso como antissociais, como desmancha-prazeres, que querem sabotar o sonho americano ao não celebrarem nem integrarem seu luau.

A imbecilidade do bom Landaure tem magnitude equivalente quando ele cita Montaigne na segunda metade de seu artigo. Não apenas fala sobre o ensaio número 22 referindo-se ao número 21, como também interpreta qualquer outra coisa, menos o que na verdade ele quis dizer. Afirmar que o lucro de um é o prejuízo do outro, sugerindo que a ampliação e o desenvolvimento de alguma coisa implicam a alteração ou degeneração de outra, não significa de modo algum que "a pobreza dos pobres se deve à riqueza dos ricos", como reza a desastrada tradução (transformação?) feita em seu artigo.

Este senhor Landaure pretende convencer os peruanos de que devemos ver a realidade a partir das alturas douradas de onde ele as vê. Convida a todos nós para subirmos em sua nuvem, mas não anexa a passagem. Celebremos, portanto, o El Consorcio *renovado: o jornal que antes publicava Vallejo e Ribeyro agora, em vez de imprimir Montaigne, por exemplo, há de nos dar mais Landaures em doses de uma canetada por semana.*

Rosi afastou para trás a cadeira de sua escrivaninha como se quisesse fugir do que tinha acabado de ler. Depois enviou o e-mail para Peter Zuzunaga e o convidou para almoçarem juntos naquela tarde. Adiantou que o estavam atacando pelo artigo de Landaure e queria conversar sobre o assunto e incluir Íñigo Franz, seu amigo de infância, o filósofo da economia que tinha optado por ganhar a vida como professor de escola primária para escapar do desprezo tóxico que sentia pela transgressão capitalista. Zuzunaga o conhecia graças à amizade dele com Rosi, e sabia muito bem que Franz era um espécime em processo de extinção. Marcaram num restaurante próximo ao *El Consorcio*. Rosi e Zuzunaga foram a pé do escritório do jornal e Franz foi ao encontro deles. Depois de abraços efusivos e preâmbulos dispensáveis, Rosi abordou o assunto. Já tinha explicado a Franz por telefone e encaminhado para ele uma cópia virtual da coluna de Landaure.

Você conseguiu ler o artigo, Íñigo?, começou Rosi. Cheguei até o fim, respondeu o outro com um sorriso eloquente, há algum prêmio por ter conseguido chegar até o fim?, disse olhando para Zuzunaga. Estão me atacando por causa desse artigo, continuou Rosi, sem ligar para a brincadeira, quero saber na verdade se o artigo é tão ruim quanto estão dizendo; talvez a reflexão filosófica ou a parte de economia sejam aproveitáveis e posso defendê-lo por aí. Pois não entendo por que o estão atacando, diz Franz, se o artigo se ataca por si só. Preciso entendê-lo mais profundamente para me defender, continua Rosi sem reparar na risada de Zuzunaga, por isso queria conversar com vocês. O dogma Montaige: o que há de verdadeiro nisso? Gente!, interrompe Zuzunaga, é onde o artigo escorrega menos! Ei, o que você está dizendo?!, protesta Franz, o parágrafo sobre Montaigne é digno de museu, supera enormemente os pequenos dardos que ele atira em Vallejo, existe algum museu da canibalização hermenêutica ou coisa parecida?, com uma ironia questionadora.

Vendo que Rosi começa a perder a paciência, Franz fica sério e inicia sua explicação. Adianta que conseguiu examinar o artigo com tranquilidade. O capítulo 21 dos ensaios de Montaigne trata de como o lucro de um é o prejuízo de outros; o coveiro vive da morte dos outros, o médico vive da doença, o soldado vive da guerra, o juiz dos litígios; Montaigne apresenta estes exemplos para dizer que é absurdo castigar um coveiro por se beneficiar com a morte dos outros; se fosse assim, seria preciso castigar todo mundo.

Todos ficam em silêncio por alguns segundos. O garçom os interrompe. Eles pedem a comida sem entusiasmo. Minha teoria é que Landaure não leu nada, que ele se baseou num vídeo curto de um advogado ultralibertário que achou na internet, um tal de Jersey, e tenho certeza de que essa é toda a sua sustentação bibliográfica. Como assim? Porque ele comete os mesmos erros ao citar Montaigne, usa as mesmas palavras, menciona os mesmos problemas. Os dois interpretam errado o autor e coincidem no delírio de achar que seus ensaios são o ponto de partida de todos os genocídios do século XX. Terrível, vocês não acham?, suspira Franz, se eu fosse você, Rosi, não publicaria mais esse Landaure.

Ficaram novamente em silêncio. Rosi pediu a conta e agradeceu a Íñigo pela ajuda. Ato contínuo, começou a caminhar até o jornal. Você não diz nada?, ficou mudo, Peter?, será que está contente de Íñigo concordar com você? Não estou contente com nada disso, Bernardo, só espero que tenha ficado claro para você que esse artigo foi um erro crasso e que a melhor maneira de consertar é dispensar esse colaborador, depois de escrever alguma coisa a respeito, claro. Tirar Landaure?, reage Rosi, não vão aceitar isso, há muita coisa envolvida; embora só agora ele esteja escrevendo no jornal, conheço Antonio há muitos anos: ele ficaria chateado. Não sei quem não vai aceitar, responde Zuzunaga, nem o que significa esse "muita coisa envolvida", mas se você não pode tirá-lo, pelo menos o refute, para que as pessoas sintam que há um contraponto, que as colunas do jornal são equilibradas e que o jornal não se submete a seus colunistas. Por você, Rosi, não só pelo jornal; você está se saindo muito mal como diretor da página de política, mais cedo ou mais tarde esse artigo vai lhe cobrar a fatura. Corrija Landaure, arremata. Você sabe o que isso significa?, defende-se Rosi com uma voz cansada, isso me traria problemas em todos os aspectos: se eu for pelo lado econômico ou filosófico, vão me interpretar errado ou me rotular de purista, se eu for pela parte dos escritores vão me dizer que estou ressaltando algumas linhas secundárias. Além do mais, Bertha o defende, então vou ganhar uma inimiga gratuita, se fizer isso. A pior de todas.

Chegaram ao edifício do jornal. Os dois pararam na calçada porque sabiam que depois que entrassem teriam que se separar e ir cada um para seu escritório. Zuzunaga se aproxima e lhe diz em voz baixa: E daí que a tia fique furiosa, Bernardo? Você trabalha para ela ou para você? Rosi o encara, movimenta os lábios, mas as palavras não saem de sua boca. Se você se preocupa tanto, deixe que eu escrevo, e que atirem contra mim, mas este jornal está apodrecendo rápido demais, para abaixar a cabeça diante de um artigo assim. Não se trata de abaixar a cabeça, Peter, inflama-se Rosi, mas de ser cauteloso: estamos falando de um artigo tolo, irrelevante; não adianta nada começar uma cruzada e aprofundar o problema, quando talvez o melhor a fazer seja deixar que o artigo se dilua, e seja esquecido... como todos os artigos e notícias do mundo. Fico decepcionado ouvindo isso de você, Bernardo, você era uma das minhas poucas esperanças de integridade quando os rumos deste jornal foram se perdendo, mas agora estou achando que você também dança conforme a música.

Rosi encara seu olhar com firmeza. Depois dá um passo para trás, desequilibra-se e ergue os olhos para o prédio do jornal. Sente-se pequenino diante da imponência dessa esfinge neoclássica carregada de história. Sente a sombra que ele lhe faz, como se sobre ele estivessem não apenas Bertha Montalván, mas toda essa família maior e mais antiga do que o prédio. Por fim, retorna o olhar para Zuzunaga: não fique triste, Peter, porque eu continuo sendo um sujeito íntegro e a direção do jornal continua podre e mesmo assim todos nós coexistimos sem nos contagiarmos. Sou apenas um homem mais cauteloso do que você e que age com a cabeça fria; no dia em que precisar, enfrentarei a sujeira, então a seção de política ficará livre e você poderá cuidar dela... Será que não é isso o que você quer?

Não se vê nem uma gota de gordura na cintura de Marisol e, quando seus quadris repousam na cadeira giratória da redação, seu dorso se ergue como o pescoço elegante de uma avestruz que nos tem medo dos caçadores dessa selva. Escreve com os braços em ângulo reto e o pescoço inquieto é a única parte que, com sacudidelas eventuais, sincronizam as batidas de seus dedos contra as teclas. O que faz uma mulher assim numa arena de *hippies* desarrumados? Como uma menina que estudou finanças na universidade chegou à seção de cultura? Esse é um mistério que poucos se esforçam para descobrir. Seu jeito risonho e brincalhão, sua voz cheia de empatia e cumplicidade e sua carinha evasiva são suficientes para indenizar o mundo por suas lacunas profissionais. Escreve sobre concertos, sobre atores de televisão, sobre restaurantes vanguardistas que a família Montalván frequenta. Dizem que ela tem algum parentesco com estes – mas, como a endogamia é a regra e não a exceção nesse reduto da aristocracia noticiosa peruana, poucos se atreveriam a reclamar. Por que você nunca partiu para cima dela, Rosi? Você não se rende a essa feminilidade enigmática que esconde uma mulher frenética por trás de uma carinha inocente? Ela sempre sorri para você mas você não leva isso em conta porque a vê como uma criatura desorientada à procura de um pai.

O que está acontecendo?, ela lhe pergunta quando o vê, por que tanto movimento estes dias? Você para e apoia o antebraço na divisória que separa a mesa dela dos outros cubículos. Nada, responde você sem que a pergunta dela o atinja, é a rotina. Ela olha para você, dá um quarto de giro em sua cadeira, cruza as pernas num movimento estudado, pisca um olho e pede para que você se aproxime porque quer falar baixinho: eu vejo você andando apressado todos esses dias, diz no final, está havendo algum problema, não é?

Seus dedos são magros como toda ela, e enquanto você a tem mais perto nem liga para retornar ao seu escritório. De modo algum, mente para ela, o que faz você pensar que está havendo problemas? Ela estica o pescoço para conferir se há algum boi na linha e volta à sua posição inicial: não seja mentiroso, Bernardo, é por causa daquele artigo, o do Landaure?

Você quer lhe dar um chute no traseiro para acabar com essa epidemia de questionamentos que já fugiu do controle. Você não sabe o que lhe responder e ela insiste em sua conjectura correta: eu sei o que está acontecendo, mas acho injusto, sabia?, conheço o Antonio, foi meu professor na universidade, é um grande sujeito, não acha que estão fazendo tempestade num copo d'água por causa desse artigo sobre Vallejo?, ela o consola sem que você esperasse. Era isso o que você precisava ouvir, Rosi, embora fosse a opinião solitária da estagiária desorientada que procurava participar das discussões dessa instituição. Alguém que pelo menos contrabalançasse esse lamaçal que estava vindo para cima de você. Uma tempestade em copo d'água, você acha? Uma tempestade, um terremoto, sei lá, e no fim das contas é só a opinião dele, não é mesmo?

Foi o suficiente, Rosi, para ela cair nas suas graças, por que não a convidar para beber alguma coisa e deixar que ela lhe fale sobre seu mestre Antonio Landaure para você se reconciliar com o chefe da seção de política? Você perguntou se ela realmente conhecia Landaure e ela lhe disse que sim, que não apenas ele tinha sido seu professor como tinha convivido com ele fora das aulas, que conhecia a vida dele, seu modo de pensar, e que o admirava! Com o estresse em que você vivia, não seria uma boa ideia deixar que esta menina, agora desinibida, conte-lhe alguma de suas trivialidades? Com seus ossos pontudos livres da rigidez do escritório, era a oportunidade para ouvi-la e observar de perto sua pele, para amaciá-la com o olhar antes de mordiscá-la. Tem razão, disse você, e imediatamente lhe propôs beberem alguma coisa depois do fechamento, e ela aceitou sem pestanejar.

Antonio Landaure é um amor, sabia?, não entendo por que o criticam tanto. Ele me deu aula numa cadeira da faculdade, não me lembro do nome, mas é muito bom professor, muito inteligente. Sabe muito bem como lidar com as pessoas, como as motivar. É um sujeito que se fez sozinho, sabia?, veja a empresa que ele tem e como ele a construiu do nada. Era aprendiz na olaria de seus tios e um dia descobriu que poderia criar uma distribuidora de tijolos. Ele nos contou na sala de aula que saiu para tomar umas cervejas com uns amigos e num guardanapo de papel escreveu para eles o fluxo de caixa que o negócio teria nos primeiros dez anos. Já imaginou? Que visão! Ele calculou os números e assim que terminou o curso pediu um empréstimo e, zás!, veja o que sua empresa é hoje. Não distribui apenas tijolos, mas tudo: vidro, cimento, alumínio... Ele, sim, é um verdadeiro empreendedor. O que você está dizendo, que o problema é que o acusam de ignorância literária? Pois nem isso, vou lhe dizer, posso lhe garantir que ele leu muito. É mentira que ele seja um tosco. Um dia ele nos contou que quando estava na metade de seu curso foi viajar como mochileiro pela Europa. Alguém de sua família conhecia Ribeyro e ele ficou hospedado dez dias em sua casa. Já imaginou, dez dias inteiros com Ramón Ribeyro passeando por Paris? Julio Ramón, você está dizendo? Ora, não era só Ramón, como o Seu Madruga do Chaves? Há uma rua em Miraflores que se chama Ramón Ribeyro... Ah, tudo bem, que seja, Julio Ramón, se você prefere, então o fato é que ele foi a Paris para se encontrar com Ramón, como é que é?, por intermédio de seu tio-avô, o famoso pintor? Ah, claro, isso mesmo, eu tinha esquecido, seu tio-avô foi Marco Aurelio Landaure. Está vendo?, ainda por cima isso, como ele pode ser um ignorante com esses parentes? O tio-avô foi famoso, eu me lembro de que ele também nos contou isso, e que o pintor além disso era amigo de Vallejo, que tinham crescido juntos em Piura. Em Trujillo? Bem, tanto faz, veja só que contatos o tio dele tinha. O Grupo Norte, você quer dizer?, o que é isso? Ah, claro, isso mesmo, estes artistas tinham seu grupo no norte. Pois é, então foi o próprio tio-avô que, por ter morado em Paris, conheceu Ribeyro e lhe pediu que o hospedasse. Quanto ele deve ter aprendido com essa aventura. Ele nos contou que quis ficar por lá, desfrutar da vida boêmia, mas num determinado momento pensou "bem, já chega, preciso assentar a cabeça". Pretensões artísticas, ele? Não, ele não nos disse nada sobre isso, mas quem sabe, de repente queria ser pintor como o tio. O fato é que voltou para Lima e retomou a universidade. Foi aí que teve a ideia da distribuidora. Se eu acho que as críticas ao artigo abalaram seu moral? Não, nem pensar, Antonio é um sujeito firme, seguro, as balas não o atingem. Sabe o que mais me agradava nele, ali, miúdo como ele é? Seu olhar, seus modos, seu tom de voz. É um homem carinhoso, generoso com os alunos. Numa palavra: é um sujeito nobre. Ele nos contava, eu me lembro, que sua empresa estava começando e ele procurava uma contadora, e um dia entrevistou uma garota que tinha quebrado um dos saltos do sapato e usava um vestido barato. Pois com tudo isso ele a contratou, e dizia que ao longo dos anos tinha visto esta garota progredir em sua empresa, ganhar mais, vestir-se melhor, viajar, formar uma família e comprar uma casa. E isso, dizia, enchia-o de satisfação, de alegria. Como é que ele não vai ser um grande sujeito?, você não acha?, você o conhece bem?, ah, sim?, não estou lhe dizendo que ele é o máximo?

Enquanto dirigia de volta para casa, Rosi evocou seus dias em Washington. Que desolação, quanta distância. Tantas gringas ricas naquela cidade e cada uma só pensando em si mesma. Tinha chegado lá achando que viveria uma pletora interminável de experiências carnais, mas não foi o que aconteceu. Todas eram inatingíveis, ou ele pelo menos as via assim. Talvez fosse a sua timidez, Rosi, o contraste absurdo entre seu empenho no plano profissional e seu estoicismo no plano pessoal. Você não sabia o que dizer, como começar; e, quando começava, não sabia como continuar porque sentia que lhe faltavam os instrumentos. Passar as noites ouvindo os discos de Louis Armstrong e lendo a poesia de Borges também não o ajudavam a ser um amante dos novos tempos. Quando alguma coisa se tornava interessante, você se perdia em seus próprios fantasmas e dissipava a corrente, como agora com Marisol, que tinha falado com olhos cintilantes. À medida que ia se entusiasmando com a conversa, mais ela se aproximava de você. Essa turbulência verbal surgia porque a velocidade de seu cérebro não alcançava a de suas palavras, ou será que eram duas atividades autônomas? Essa associação não parecia incomodar você. O fato é que ela se aproximava tanto que você podia sentir no rosto as micropartículas de saliva que ela ia disparando ao falar, mais ainda, ao falar sobre as virtudes do controvertido Landaure. O que mais você poderia pedir? Mais cedo ou mais tarde, Rosi, você teria que liberar a sexualidade emparedada atrás de tantos escrúpulos. Para isso, você não precisaria abrir mão de seus projetos com Nadia Orams, esse era um departamento diferente, você sabia disso, um era o terreno real e o outro a representação, um tinha a calma do visível e o outro a excitação da clandestinidade, um se subordinaria ao outro e, na melhor das hipóteses, os dois coexistiriam e se harmonizariam com a ordem do mundo. E a vida de Nadia?, como teria sido essa vida em Washington? E pensar que ambos moraram na mesma época naquela cidade e que nunca se conheceram. Será que ela teve namorados, aventuras? A coincidência maior foi que depois vocês convergiram em Madri, novamente, cada um tendo passado um ano fazendo um novo mestrado. Isso, sim, foi legal, ali não se estudava como em Washington, dia e noite. Ali, sim, que vida boa, porra, as exigências acadêmicas deixavam espaço para os bares, para as tertúlias, para indispensável reciclagem das energias perdidas nas bibliotecas. Ali você a conheceu, depois se encontraram com frequência, saíram para passear muitas vezes, embora sempre com seus amigos em comum. Nunca sozinhos, Rosi, por quê?, será que o assustava pensar que ela poderia descobrir você?, intuir numa dessas saídas o quanto você gostava dela?, e então? Lamentavelmente esse "e então?" era um cavalheirismo fora de moda, uma coisa em que você andava pensando agora que coincidiam pela terceira vez, ao morarem os dois em Lima. Amanhã, depois do jornal, você começaria os preparativos para o sábado. Nadia Orams jantaria com você. E Marisol? Essa você convidaria na segunda-feira, e se a coisa não rolasse com Nadia (ou mesmo se rolasse) você copiaria o mesmo plano alguns dias depois e tentaria a sorte com essa outra mulher, menos exigente mas – pelo menos até hoje – mais palpável.

Quando entrou em seu escritório na manhã de sexta-feira, Rosi segue sua rotina de pendurar o paletó e ligar o computador. Logo ele descobre que, junto com o *El*

Consorcio do dia que toda manhã espera por ele sobre a escrivaninha, há um exemplar da revista *Clave*. É a mais importante, a mais séria de todas as revistas peruanas. Está aberta na página central e um post-it fosforescente assinado por Peter Zuzunaga o convida a ler o artigo que está diante dele.

O COMISSÁRIO DA CULTURA

Há poucos dias, um colaborador do El Consorcio *de sobrenome Landaure acusou César Vallejo, Julio Ramón Ribeyro e Michel de Montaigne de serem instigadores do fracasso. O raciocínio é simples. Vallejo e Ribeyro, derrotistas inaceitáveis, convidam ao pessimismo e levam todos a ler Montaigne. Os idiotas e desmotivados leitores de Montaigne fazem deles a frase: "A pobreza dos pobres se deve à riqueza dos ricos" que, segundo Landaure, Von Mises chama de "o dogma Montaigne". Pois bem, autores como Voltaire e Marx adotam o dogma Montaigne e acabam inspirando todas as carnificinas humanas desencadeadas desde a Revolução Francesa.*

O que Landaure diria a Vallejo se este último estivesse vivo? Depois de corrigir seus poemas, será que teria assegurado a ele que com essa história de posar com o queixo apoiado sobre a palma da mão ninguém nunca o chamará para um comercial de creme dental? Melhor ainda, o que aconteceria se Vallejo respondesse a Landaure que a literatura universal, e não apenas a peruana, produziu pouquíssimos entusiastas do tipo que ele sonha? Será que teria perguntado a Landaure por que Kawabata não destilou um otimismo que liderasse a decolagem econômica do Japão? Por que Grass não foi coadjuvante da reconstrução econômica alemã? Por que o Bartleby de Melville não santificou os departamentos de recursos humanos em vez de os satirizar? Por que Cervantes, pobre idiota, criou Don Quixote, um fracassado inútil que motiva tão pouco os meninos de hoje a fazerem um MBA e antes convida ao trabalho improdutivo? Landaure não deveria culpar somente Montaigne, mas todos os poetas e escritores desanimados, infelizes, agourentos e perturbados que escreveram sobre tragédias de sangue e odisseias de amor. Para quê, não é mesmo? Se temos Paolo Coello e seu O Alpinista, *para ser nosso líder, quem precisa de Shakespeare?**

Porém o mais cansativo no artigo é que o autor dá como exemplo os milhões de chineses que saíram da pobreza "graças ao respeito à propriedade privada e às forças do mercado", já que isso "eclode a iniciativa empresarial e multiplica a riqueza". Pobre homem, este Landaure, a quem não contaram que é o Partido Comunista que comanda e planeja sua admirada economia e que, provavelmente, esse regime seja a antítese daquilo que Von Mises e todas as gerações de austríacos sempre defenderam.

Landaure advoga pela liberdade dos mercados, embora seu artigo, com um mínimo de alterações, pudesse ter sido

---

* Originalmente, o autor do artigo fictício menciona "Daniel Pescador e seus segredos das oito sementes", em alusão a um best-seller peruano. (N.E.)

escrito por um comissário stalinista da cultura, daqueles que procuravam obrigar os escritores a fazer parte de seu projeto de engenharia social. Nada de tristezas, nostalgias, pessimismos, que frescuras são essas? Propaganda, desenvolvimento, firmeza, ou no nosso caso: frenesi, entusiasmo, consumo. Triste espetáculo em que se transformou aquele que outrora tinha sido o mais sério de nossos jornais diários.

Rosi acaba de ler e sente que as palpitações o sacodirem. Olha para as paredes de seu escritório como se alguma delas fosse lhe jogar um salva-vidas de emergência e depois sai com a revista na mão na direção do escritório de Bertha. Nem precisou esperar por ela, como em geral acontecia. Entrou e fechou a porta. Bertha consentiu, autorizando a intimidade. Viu a revista *Clave* na mão de Rosi e se antecipou: sente-se e se acalme, disse-lhe complacente, já sei, Gorritos, já li. É preciso fazer alguma coisa, disse Rosi, se não eles vão continuar nos atacando, hoje eu vou escrever um artigo, você concorda? Não, respondeu Bertha, ligeira e monótona, o melhor é ignorar o assunto e deixar essa febre passar; o artigo de Landaure é ruim, sim, mas o que está levantando poeira é que ele ataca dois escritores queridos; embora eles sejam tristes, são ícones no fim das contas, insígnias como o ceviche; o problema é que o artigo alfineta intelectuais que têm uma tribuna e atacam por escrito; já conversei com Pablo e ele concorda comigo em transferi-lo para a editoria de economia, não podemos eliminá-lo, até porque o sujeito não escreve mal; tirá-lo do jornal enviaria um sinal errado para os outros colunistas, poderiam nos ver como conservadores que censuramos qualquer coisa... ali, na economia, em compensação, ele se manterá em seu terreno.

Rosi aproximou a cadeira da escrivaninha, fez uma careta de insatisfação, colocou a revista sobre a mesa. Não concordo com você, Bertha, precisamos reagir, pelo menos para que Landaure sinta que o jornal o apoia e que só por prudência o está mudando de editoria. Não escreva nada, insistiu Bertha, mantendo seu tom de voz lânguido, mas desta vez recostando o corpo no espaldar de couro de sua cadeira de editora de notícias, seja prudente; às vezes, Bernardo, temos que ficar olhando as flores e deixar as coisas acontecerem.

Rosi franziu o rosto: respeito sua experiência e você sabe disso, mas desta vez não concordo com você. Faça o que quiser, esclarece ela, mas não cometa nenhuma bobagem; estou lhe dizendo para não prolongar mais o assunto de Landaure, para evitar uma polêmica absurda, só isso; o artigo dele, politicamente, está dentro da linha do jornal, a história dos escritores tristes é apenas uma anedota, mas faça o que quiser, você sempre escreveu o que quis, não é mesmo?

Nesse ponto Bertha tinha razão. Rosi só podia concordar. No fim das contas, durante todo o período em que estava no jornal, tinha podido falar o que pensava e seus artigos não tinham recebido nenhuma censura, já que essa forma de pensar, afinal, estava alinhada com os rumos conservadores daquele jornal. Vou seguir seu conselho, disse Rosi finalmente, mas apenas em parte: vou preparar um artigo e se a coisa não se acalmar eu o publicarei.

A caminho de casa, Rosi pensou que já estava na hora de esquecer tantas idiotices e voltar a pensar em Nadia e na noite de sábado.

Recebeu-a em seu apartamento, como está bonito, Bernar, depois de tanto tempo. Um beijo, garotinha, ou melhor, dois, para fingir que ainda estamos na Espanha, veja só como nós adiamos este jantar. Isso é porque você é um homem muito ocupado, Bernar, desde que passou a acompanhar o ritmo dos acontecimentos políticos você se tornou um homem atarefadíssimo. Não, não é verdade, no início todo trabalho absorve a gente; o jornalismo, você sabe, é um turbilhão. Isso eu não sei, trabalho numa editora, e aquilo tem um ritmo bem diferente. Bem, seu posto é mais nobre e mais pausado, que inveja, e ainda por cima você publica literatura, não é isso? Publicamos muito, sim, mas só os clássicos peruanos, você sabe que nenhuma editora consegue viver disso, precisamos fazer livros de receitas, textos práticos, de massa... Procuro apreciá-los da mesma forma. Conte para mim enquanto lhe sirvo uma bebida.

Rosi prepara duas genebras com água tônica, limão e grãos de pimenta, era a bebida que Nadia sempre bebia em Madri. Ela lhe conta sobre sua experiência no ramo editorial. Eles se escutam, aproximam-se, riem, parecem estar se deleitando, até a hora de servir o jantar. A mesa brilha de tão caprichada, cada talher e cada taça foram escolhidos para ela. Acho que agora você já se instalou em Lima, não é verdade?, depois de tanta volta ao mundo que você deu, mulher. Ficarei em Lima sim, por um bom tempo, não tanto pelo trabalho na editora, que vai muito bem, mas sim por um cansaço migratório, eu acho. Você se cansou de morar fora? Um pouco, talvez. Por falta de algumas comodidades? Não pense que eu sou assim tão burguesa, Bernar, não, não, é mais por uma questão de solidão, quem sabe?, de fazer parte de um mundo em que você sempre é alheia a tudo. Em Washington, você está dizendo? Mais em Washington, mas não somente lá. Ah é?, sabe que eu sempre me perguntei como deve ter sido sua vida por lá?, sempre lamentei que não nos conhecêssemos naquela época. E por quê, se Washington era só estudar e estudar?, se tivéssemos nos conhecido, mal teríamos conversado, nunca como nos dias de Madri, não acha? É verdade, talvez sim, mas acho que é justamente quando a pessoa está se sentindo mal que fica mais fácil se unir, aproximar-se de um jeito diferente. Como assim, diferente? Diferente à moda madrilenha, digo, menos festiva, mais calma. Você está se referindo ao fato de que gostaria de ter me conhecido em Washington, congelada e deprimida? Pois eis aí uma faceta sua que eu no fim das contas não conheço. E por que gostaria de conhecê-la?, talvez não tivéssemos ficado amigos, você teria pensado que eu era uma mulher insípida, chata, mórbida... Você se apaixonou em Washington, Nadia, teve algum namorado? Ha ha ha, olha que você está bem saidinho esta noite, isso não é coisa que se pergunte a uma mulher, ainda mais quando você a traz para jantar em sua casa, você por acaso se apaixonou? Eu não, e não me incomoda que você me pergunte isso, está vendo? Pois eu também não... E agora?, agora você está de fato preparada para algo sério? Nadia ri, disfarça o nervosismo, elogia a comida e comenta a respeito do verde-escuro dos guardanapos como se exigisse uma pausa; mas a pergunta continua no ar. Sempre estou pronta, sorri ela, por quê?, você tem alguma proposta a me fazer? Talvez sim, mas talvez não tão séria. Ora, Bernar, vamos, quem não conhece você pode até acreditar, mas o fato é que você não sabe fazer nada que não seja sério, você é careta demais. Talvez hoje eu esteja mais ousado. Então você vai precisar me demonstrar isso. O que você quer eu faça para lhe demonstrar? Não ir tão rápido por enquanto, melhor você me falar sobre seu trabalho, como vai o jornal? Pois bem, eu gosto dele, embora nunca faltem problemas, dirigir uma seção e administrar colunistas não é nenhum paraíso. Mas no fim das contas eu procuro ler o *El Consorcio* diariamente, sempre pensando em você. Olha só, vou tomar isso como um elogio. Há alguns dias li um artigo que me chamou muito a atenção, sabia? E ele tratava de quê? Não me lembro do título, nem do autor, mas dizia que Vallejo era um poeta triste. Alto lá, você não, por favor, esse artigo está se tornando o meu pior pesadelo. Não estou dizendo que era ruim, só me chamou a atenção o jeito como ele começava. E como ele começava? Então?, dizendo que Vallejo era digno de um Prêmio Nobel e depois o acusando de ser triste, derrotista, vamos dizer assim. E você não acha que isso é verdade? Nadia se surpreende, fixa os olhos nele: que boa parte de sua poesia seja triste, ninguém duvida, mas que poesia é alegre, Bernar? O que me chamou a atenção foi ele dizer que Vallejo é digno de um Nobel: se por algum motivo deveriam ter lhe dado um Nobel, seria pela forma como ele colocou em palavras a tristeza do ser humano, não acha? Pois eu não sei, explique isso melhor. Desde que eu era criança decorei os termos que estabelecem por que dão o Nobel a certos autores e acho que eles seguem um padrão: deram a Soyinka porque sua obra apresenta o drama da existência; Elfriede Jelinek o recebeu por alguma coisa ligada ao fato de suas palavras musicais revelarem o absurdo dos clichês sociais; Herta Müller o recebeu por ser capaz de descrever o ambiente dos mais necessitados; a Le Clézio, deram por ser o romancista da ruptura, alguma coisa do tipo "o investigador de uma humanidade fora e abaixo da civilização dominante"; e finalmente Vargas Llosa o recebeu, você deve se lembrar, "por sua cartografia das estruturas de poder e suas imagens mordazes sobre a resistência, a revolta e a derrota do indivíduo"; pense neste último ponto: "derrota do indivíduo", se esse fosse o caso não caberia a Vallejo um motivo parecido?, quem sabe também a Ribeyro? Enfim, nada de mais, só achei o artigo um pouco tolo. Por que você está dizendo que ele se transformou num pesadelo?

Por mais que Rosi tenha empregado seus melhores esforços para salvar a noite, por mais que tenha explicado a Nadia o que significava a tempestade Landaure, por mais que tentasse retomar o fio da meada, nada recuperou a trilha perdida. Aquele clima lúdico e agradável que tinha se estabelecido entre eles no começo da noite foi estragado, por uma bomba reincidente que caiu do céu. Eles continuaram a conversa, mas Rosi perdeu o pique. Alguma coisa tinha trazido o universo de volta à sua ordem natural, originária e entediante. Tudo se tingiu de seriedade, de insignificância; a ousadia inicial e os passos já conquistados, que podiam ser apenas uma armadilha de sua cabeça entusiasmada, perderam-se completamente. Melhor que a conversa fosse morrendo de inanição, depois ele a acompanharia até sua casa e se despediria dela e da noite de sábado, para retornar ao seu quebra-mar, deitar-se e não procurar explicações.

Rosi dormiu quase até o meio-dia. Só aos domingos ele não ia à redação, por isso pedia ao porteiro do prédio que comprasse para ele todos os jornais do dia e os deixasse debaixo de sua porta. Conferia primeiro *El Consorcio*, especialmente sua seção, e depois fazia isso com os outros. Foi então que descobriu um novo artigo contra Landaure nas colunas do *El Demócrata*, o jornal da concorrência.

O CANTADOR DE FEIRA
POR PETER ZUZUNAGA

O empresário Antonio Landaure pede satisfações a César Vallejo e Julio Ramón Ribeyro por seu derrotismo literário, por sua falta de entusiasmo e de brio ao defenderem as cores pátrias. Diz também algumas velhacarias, como a de que Michel de Montaigne foi o inspirador de todos os genocídios provocados desde a Revolução Francesa. Já houve um bom número de escritores que se dedicaram a analisar seus disparates, pessoas da estatura de Patrieu e Gorritos, por isso vou focar apenas em dois pontos concretos. Primeiro, na facilidade com que este indivíduo exige da literatura o que se exige de qualquer empresa comercial. Segundo, em tentar entender como um jornal sério dá espaço para um artigo assim. Em relação ao primeiro, sabe-se que os olhos e dentes do neoliberalismo ultrapassaram os limites das ruas e centros comerciais e agora querem se infiltrar nas entranhas da vocação criativa. E não estou falando das ambições de um empresário para posar de letrado, aspiração notória, quando já não reste mais nada a se comprar, quando a glória empresarial não é suficiente e surge a procura de reconhecimento intelectual. Estou falando mais exatamente da ousadia, descarada e aberta, de se exigir da literatura uma função que ela não tem nem deve ter, apenas por ser observada pela lente estreita do negociante moderno. Já que no coliseu do anarquismo comercial só o que conta são os resultados, o lucro concreto, pensa-se também que este paradigma existencial deve transbordar para todos os aspectos da vida e se questiona, veladamente, o porquê da literatura, o porquê das artes. Para que serve este ofício idiota de escrever histórias fictícias se não for para despertar ao menos o ânimo das pessoas, o entusiasmo, o tão sonhado espírito empreendedor?

Em sua ascensão vertiginosa para o nada, Landaure não foi perdendo em cada etapa uma sílaba de seu nome, como o personagem ribeyriano de "Alienación" [Alienação], e sim ganhando uma nova insígnia de incompetência na casaca invisível de suas pretensões intelectuais. A literatura não serve para nada, senhor Landaure, e justamente por isso ela existe, porque é uma manifestação irreprimível do gênero humano, sua radiografia involuntária, sua impressão digital... não uma fábrica de moer trigo. Todo homem que sofre se torna observador, dizia Ribeyro no conto que o senhor com arrogância tenta liquidar, o que indicaria que o senhor sempre viveu no lado diurno da vida porque seu espectro visual para a arte é tão pequeno quanto seu pudor midiático.

De quem o senhor gosta, senhor Landaure? Quem o senhor sugere? Um poeta vigoroso como Chocano? Um bajulador entusiasta e atrevido como Nicomedes Santa Cruz? Qual é a ordem aceitável para se classificar para as semifinais de seu cânone literário? O senhor não propõe nada, nem conseguiria propor, porque cita mal, em forma e conteúdo, porque acredita ingenuamente que numa tarde de procura cibernética frenética e adolescente vai encontrar os fundamentos para mudar a história da humanidade e, de passagem, a historinha de sua pouca humanidade.

Tenho motivos para achar que Landaure não leu, nem lerá, Montaigne ou Von Mises. Deve ter tirado essas citações, na melhor das hipóteses, de algum bordão reincidente dentro das conversas fiadas libertárias que frequentemente são zurradas em seu círculo íntimo. E assim, de eco em eco, estes personagens miúdos vão acomodando as ideias que não compreendem ao seu objetivo hollywoodiano de convencer a todos nós de que a anarquia unilateral da propriedade privada é o limite mais prudente para a justiça.

Mas tudo isto não teria nada de mal se não existisse um jornal cujo editor da página de política permite estes desaforos porque enxerga o mundo com as mesmas cores do articulista. Quando se perde a capacidade de questionar tudo e se olha para os sistemas sociais dominantes como fenômenos naturais, então aquelas mentes que poderiam ser brilhantes se transformam em cabeças de gado e acompanham obedientes a inércia de sua sociedade ou, se o medo aflorar, de seus capatazes. É nesse momento que os valores se misturam e a arte se subordina ou desaparece, e é assim que a glória e a tribuna recebem aqueles cantadores de feira que gritam com mais estridência, com mais oportunismo e perícia, de costas para o que seja vendido nesse mercado de feirante, sejam versos de Vallejo ou espetinhos mal passados.

Precisamos nos erguer contra estes Átilas bárbaros da superficialidade para que não suguem de nossos filhos o fascínio da experiência literária, para que não devastem o conteúdo da alma humana e não troquem, de uma hora para outra, os ventos puídos e luzes tísicas vallejianos por claustros de silêncio e vazios metafísicos, mudanças que esvaziarão a alma das gerações que irão nos suceder, fazendo-as acreditar que um neoliberalismo sectário e pretensioso consegue substituir a pulsão artística e a genialidade lírica.

Porque aí sim, como diz o verso de Vallejo, Deus nos adoecerá, gravemente.

Você se colocaria de pé, Rosi, inflamado. Andaria pela casa deslocado, desconcertado. Pegaria novamente o jornal e voltaria a ler o artigo, linha por linha, antes de pegar o telefone e ligar desesperadamente para Peter. Mas Zuzunaga não atenderia seu telefone celular na manhã de um domingo. Você hesitaria em ir procurá-lo em sua casa, mas se lembraria de que Peter costumava ir à redação aos domingos para trabalhar na edição de segunda-feira. Então ligaria para o *El Consorcio*. Digitaria com os dedos trêmulos e, depois de várias tentativas frustradas, resolveria ir procurá-lo pessoalmente. Tinha que ir voando para o

El Consorcio, encará-lo, enfrentá-lo, para ver a coisa pegar fogo e você pudesse se lançar sobre este traidor.

Você chegaria agitado e pararia na porta, respiraria fundo para conter sua fúria e cumprimentaria com um aceno silencioso os poucos redatores com que cruzaria no caminho. Chegaria ao escritório de Zuzunaga, decidido, mas ficaria surpreso ao ver que estava vazio. As mesas ao redor também estariam vazias, você avançaria pelo corredor e, sem imaginar, daria de cara com Marisol. Você viu o Peter?, perguntaria a ela. O quê, você não sabe?, responderia ela com a expressão exagerada, ontem você saiu cedo, não saiu?

O que é que eu preciso saber?, argumentaria você sem nenhuma ternura no rosto, caprichando na careta do pai que está avisando a sua filha que não está para brincadeiras. Ela lhe diria que Peter se demitiu ontem, que foi embora, que diziam que ele iria ficar até o fim do mês, mas teve uma discussão com Bertha e resolveu ir embora na hora. Como é que você não sabia?, dizem que ele já não vem na segunda-feira, que ela ouviu falar que ele já tem um acordo com outro jornal. Ela lhe diria, baixando o tom de voz e convencida de que naquela redação deserta alguém poderia ouvi-la, que ao que tudo indica ele tinha ido trabalhar no *El Demócrata*.

Você ficaria olhando para ela como se nunca fosse terminar de falar. Ela puxaria uma cadeira e você se sentaria. Ela ficaria em silêncio até que seus movimentos agitados se acalmassem. Durante alguns segundos você desejaria parar e ir urgentemente a algum lugar, à casa de Zuzunaga, ao escritório de Bertha ou de Pablo para ver se algum deles estava ali. Você olharia para o telefone e pensaria em insistir com o celular. Mas que sentido tudo isso tinha agora?, o que você poderia fazer para mudar o rumo das coisas, reverter o que estava pensado ou impresso? Você simplesmente ficaria ali, retomaria a calma, fingiria diante de Marisol que não estava acontecendo nada até que conseguisse se levantar pronto para ir embora. Olharia para os tetos e paredes daquela redação, deixaria escapar um suspiro gigante e atemporal, perguntaria a si mesmo em silêncio se aquele trabalho tão emaranhado fazia sentido. Você a veria escrever alguma coisa ou ficar perdendo tempo em seu computador até ela se virar para você.

Você leu *O Aleph*?, perguntaria a você. Você responderia com um sorriso condescendente, e de novo brotaria em você a paternidade perdida e você pensaria que, neste mundo de hienas, o melhor era se concentrar nas criaturas inofensivas que estão ali para nos salvar, para ressuscitar nossa carne e nos permitir, sobre um retângulo de lençóis engomados, vingar-nos de todas as batalhas que um homem perde em sua outra vida fora desse espaço. Claro que já li, você diria a ela, é uma maravilha, verdade que já leu?, pois ele mudou a minha vida, diria ela, me fez ver tudo diferente. Você sorriria, a amaria um pouco, a humanizaria por alguns segundos e voltaria a acreditar no mundo. Revelaria a ela que essa obra provavelmente é a maior das letras latino-americanas, uma alegoria sobre o que são a vida e a literatura, a vida e a arte. Ela concordaria, tiraria um livro da gaveta e o colocaria em suas mãos. Paulo Coelho é meu ídolo, diria ela ao mostrá-lo a você, este é o melhor que ele escreveu. E você o teria, ali, diante de seus olhos, por alguns segundos, como o cartucho de um fuzil que o destino lhe atira. E embora esse cartucho fosse antes uma bala de festim lembrando a você que as palavras são incompreensíveis e fortuitas, ali estariam você e suas circunstâncias, então, segurando um Aleph de segunda classe, um Aleph apócrifo que chegava até você de todos os pontos do universo, você pensaria em dizer alguma coisa a ela, em explicar que aquele seu ídolo era um impostor de presunções monumentais para se gabar de roubar uma tradição cultural manuseando e usurpando um substantivo sagrado... mas você daria marcha a ré quando percebesse que teria que explicar tudo, desde o livro do Gênesis. Você se levantaria e iria embora em silêncio para seu apartamento, lembrando-se de que às vezes é melhor o silêncio, a indolência, a distração. Ficar olhando as flores e deixar as coisas acontecerem.

O príncipe do lixo

"Cada um escolhe uma calçada da rua. Os baldes de lixo estão alinhados diante das portas. É preciso esvaziá-los totalmente e depois começar a exploração. Um balde de lixo é sempre uma caixa de surpresas."
Julio Ramón Ribeyro,
Los Gallinazos sin Plumas [Os Urubus sem Penas]

O automóvel para diante do sinal vermelho de Larco. No banco de trás, Álvarez se inclina para o holandês que viaja a seu lado e, com a cabeça na altura de sua barriga desavergonhada, aponta o edifício pela janela: é este, diz a ele, e Ruben van Dycke, alto como um pinheiro, curva o pescoço para ter uma perspectiva melhor. O automóvel volta a andar, mas reduz quando passa pelo cruzamento listrado. Um guarda retira o cavalete de segurança e o Toyota Corolla preto metálico entra numa área de circulação restrita. Um grupo de turistas se espanta diante da intromissão de um automóvel numa zona de pedestres, o qual além do mais para de repente em frente ao prédio do governo municipal. O motorista salta e abre a porta para Van Dycke, já a seu lado, apressando-o porque estão atrasados quinze minutos. O holandês ajeita sua maleta de mão, fica de pé e faz o melhor de seu esforço para conciliar o acúmulo de estímulos que o sobrecarregam em sua primeira hora na América Latina. Nos metros que caminha até o portão do prédio municipal – a Prefeitura, ele pensa – depara-se com uma menina que vende guloseimas e que tenta se aproximar dele, mas logo fica intimidada. Álvarez o segura pelo antebraço como se quisesse guiá-lo, mas na verdade quer apressá-lo, atordoado, Álvarez está preocupado, tomara que o prefeito não esteja aborrecido, mas ele vai ter que entender que tudo isto foi porque o voo chegou com um atraso de mais de seis horas. Seis horas, sublinha Álvarez para Van Dycke com uma careta murcha que significa seis, mas que só ele entende, seja claro em relação ao atraso, porque nem todos os vereadores estão sabendo disso, seja claro porque senão vai sobrar para mim, insiste Álvarez com olhos franzidos. Atravessam o *hall* da recepção, sobem as escadas a passos largos, com firmeza, e chegam ao salão de reuniões. Atrás da porta entreaberta, o prefeito, os vereadores e as outras autoridades municipais o aguardam.

Welcom in Lima, meneer Van Dycke, diz um prefeito entusiasmado. Depois ele atravessa a sala e se aproxima do holandês para conduzi-lo até a cabeceira de uma mesa onde o colocará a seu lado. Van Dycke agradece com palavras e com o rosto, aperta muitas mãos, observa, concorda e se deixa levar enquanto o resto vai se sentando nos outros lugares de uma mesa oval, sólida e escura. Sente que

Álvarez o entregou ao prefeito como um pacote embrulhado, mas antes que ele possa organizar seus pensamentos uma jovem pergunta ao seu ouvido se ele vai querer ligar seu computador ao projetor, perdão?, seu computador, repete ela apontando-o... Oh, pensa ele, o laptop, claro, claro, vamos, mas quando começa a tirá-lo da maleta o prefeito já o está apresentando. Que o senhor Van Dycke é um expert em lixo, anuncia às autoridades municipais, isso todos já sabem, certamente, que é conhecido como o Rei do Lixo, sim, acrescenta com uma risadinha infeliz, que é doutor em Waste Economics pela Universidade de Groninga e que implantou sistemas revolucionários de saneamento urbano em muitas cidades europeias. Olha para a lista num papel que tirou do bolso do paletó e vai enumerando: Tilburg, Eindhoven e Breda na Holanda; também na Bélgica: Amberes e Gante; e na Espanha, diz energicamente, como se este último país superasse em alguma coisa os dois anteriores: no País Basco ele renovou o sistema de rejeitos sólidos de San Sebastián com a implantação dos contêineres subterrâneos. Graças a essa última experiência, ele fala um espanhol perfeito, prossegue ele, o que vai tornar mais fácil para ele sua estadia em Lima nestes quatro meses. Van Dycke concorda com a cabeça e liga seu computador portátil. O prefeito se prepara para lhe passar a palavra, mas antes, como um pavão real inflado, avisa ao público que o holandês veio para mudar a história do distrito.

Gracias [Obrigado], reage ele, acentuando o "c" espanhol e umedecendo o "s". Dá bom-dia, desculpa-se pelo atraso. Explica que o voo aterrissou com seis horas de atraso e que está vindo direto do aeroporto, e então percebe uma variedade de reações nos olhares. Há os que sorriem concordando, claro, cara, aqui quinze minutos de atraso é a norma, prossiga, sem problemas, parecem dizer. Outros o examinam com sobrancelhas ariscas e céticas, e você o que veio fazer aqui, holandezinho?, sabe onde se meteu?

A maioria, no entanto, é de juízes sem rostos, olhos apolíticos que estão se perguntando se este desengonçado pálido, que vem de um país do tamanho de Piura onde o único lixo devem ser as tulipas murchas, vai poder lidar com um dos maiores pesadelos do distrito.

Bem, como diz o senhor prefeito, retoma a palavra Van Dycke com mais energia e segurança, eu instalei o sistema de contêineres subterrâneos conhecidos como os UC (pronuncia a sigla em inglês: *iussi*, diz), que é o mais moderno que existe nos países europeus, o Underground Container. Esta modalidade de acúmulo de rejeitos sólidos isola completamente o lixo no subsolo. O projetor já está aceso e a sala se ilumina com a imagem de um contêiner metálico de estrutura cúbica, dois metros de largura, dois de altura e quatro de profundidade; Van Dycke explica que o UC fica enterrado na calçada e que a única coisa que sobressai na superfície é a caixa coletora com tampa móvel por onde os vizinhos vão jogar seus rejeitos; clic, avança o slide e o UC é visto de diferentes ângulos.

É instalado na beira da calçada, detalha ele, nos lugares onde os carros estacionam; clic, vê-se o contêiner sendo colocado sob a terra. Ficam localizados a uma distância de cinquenta metros entre eles, para que cada vizinho tenha que andar até no máximo 25 metros de sua casa. Clic, vê-se a malha de contêineres num mapa de todo o distrito; cada lixeira é um ponto vermelho equidistante. Exige-se que os rejeitos sejam lançados em sacos plásticos e, embora o que se veja seja uma simples e pequena lixeira metálica de rua, cada contêiner subterrâneo pode guardar dezesseis metros cúbicos de lixo. Isso, em distritos densos como Miraflores, pode significar que o contêiner seja esvaziado a cada cinco dias e não a cada dez, como em Gante ou San Sebastián, clic.

A apresentação inclui um pequeno vídeo em que um caminhão gigantesco com uma pinça de caranguejo ergue o contêiner pegando-o pela caixa de coleta – que tem a forma de uma guarita minúscula que aparece na superfície, coloca-o sobre sua canaleta volumosa e abre sua base como se ela arrebentasse por causa do peso. A pinça volta com o cubo imenso e vazio à sua posição original. Trata-se de um dos sistemas de armazenamento de lixo mais modernos do mundo e Van Dycke sabe disso, por isso o apresenta com orgulho, como se a ideia, originária do engenheiro flamengo Piet Bammens, agora fosse sua. Mas o que o bom Van Dycke parece não saber é que já não está nas aprazíveis prefeituras de seu continente: agora, e ele vai decifrar isso muito rápido, chegou a Lima.

Tenho um negócio para lhe propor, Nanico, diz Giácomo a Zeeman. Alto, ossudo, curvado como uma vagem, mas inexplicavelmente firme, como se a corcunda juvenil que o dobra como um parêntese tivesse alguma coisa de atlética; o dedo indicador de Giácomo, o homem dos negócios fáceis, estica-se na vertical para anteceder sua proposta inesperada: veja, ontem estive com o noivo de minha prima; o sujeito vende bancos de dados, é um negócio do cacete.

Esse era Giácomo, um farejador mercantil, um oportunista inquieto e descarado de voz firme e convincente que podia desamarrar as órbitas dos astros para depois reagrupá-las em função dos seus interesses. Eles conseguem a informação de todos os cantos, continua, toda vez que você vai ao supermercado e passa seu cartão Bonos... zas!, estes sujeitos registram você, nome e produto ficam associados: O que o "Nanico" Zeeman compra? Do que ele gosta? Quando você preenche a ficha para o sorteio do carro que nunca vai ganhar, pimba!, todos os seus dados são atualizados: O "Nanico" Zeeman agora mora em Manco Cápac, mudou-se para Miraflores e assim por diante. Reúnem e separam todos os dados e depois os vendem.

E qual é o negócio?, pergunta o "Nanico" Zeeman, sólido como um caroço gigante, losangular e bronzeado, um touro compacto de uma corpulência incorruptível pelo tempo, um rosto intimidador grudado ao coração de um artista ingênuo, crédulo e bonachão: ele vai nos vender seus bancos de dados?

Essa tinha sido a ideia inicial de Giácomo. Para isso se aproximou dele, para levá-lo na conversa: e aí?, você trabalha com quê, meu compadre? Trabalho com dados, disse-lhe o noivo da prima, altivo, pintoso, soberbo, desses que acham que sabem tudo e nesse esbanjamento de vaidade se mostram menores e mais imbecis, embora socialmente sejam a cara do sucesso. Quero conversar um pouquinho sobre a que ele se dedicava, puta que pariu, você é um craque, que interessante, sabia que eu tenho um negócio de cartazes com um camarada? Na maior encolha, ele lhe solta essa: quanto custaria ter acesso a esse banco de dados, ou a algum menor, um em que possa haver pessoas interessadas em cartazes, você sabe, os famosos anúncios de Zeeman, meu camarada é Zeeman, meu sócio, meu *broder* desde criança, aquele dos cartazes que estão por toda a Lima com gravuras de Grau, de Vallejo. Mas o bonitão se fazia de desentendido, conversava e ao mesmo tempo brincava com seu celular, escrevia ou respondia a e-mails enquanto lhe dizia que custava muita grana, que é muito caro, como se já soubesse de antemão que o sócio de Zeeman não pode pagar por esses dados, que a informação tem um custo, que a informação é tudo, e repetia o disco arranhado que enchia seus neurônios quando falava sobre seu trabalho milionário.

– Qual é o negócio, Giácomo? Vá direto ao assunto – insiste Zeeman.

– Calma que eu chego lá. Bem, ele me disse que a informação vai ficando mais cara à medida que se torna mais específica e de pessoas exclusivas. Que um dado pode valer muita grana. Você vai às compras e deixa registrado ali tudo o que você consome. Mas não, na verdade isso é só o que você compra, não o que consome. Sabe onde está tudo o que você consome, de verdade?

– Não.

– No seu lixo.

– No seu lixo?

– Isso mesmo, meu compadre. Ali está o seu rastro digital, tudo o que você é neste mundo consumista, e isso, como o primeiro insinuou para mim, vale muito dinheiro.

– E se eu trabalhar para você? – ninguém é melhor caçador de oportunidades do que Giácomo, se ele não podia comprar alguma coisa de você, passava a lhe vender –. E se eu conseguir esses dados para você, se eu lhe fizer um inventário do lixo de todos os peixes graúdos desta cidade?, pergunta Giácomo ao noivo da prima. Isso me interessa, responde Eusebio Bellido, o paletó reto, passado com perfeição, imune à sujeira do mundo real, o cabelo engomalinado numa montanha lateral. Se você conseguir esses dados para mim, avisa a ele, eu lhe pago muito bem, mas isso é difícil porque ninguém vai entregar o próprio lixo para você fuçar. Faz-se a coleta, simples assim, explica Giácomo sem papas na língua, o que você acha disso?

Bellido se inclina para trás, sorri e congela o sorriso, apoia o braço na grade do balcão. Estão na varanda, na casa de um tio, poucos familiares para o barulho que estão fazendo, ele e Bellido sozinhos na varanda, sentindo o ar de verão e conversando sobre lixo. Sua prima aparece e se enrosca nos braços e no paletó impecável de Eusebio. A prima sorri, deixa-se apertar pela cintura, vá embora, pensa Giácomo, está cagando a parada. Mas Bellico não se encolhe nem retira o sorriso pregado em seu rosto: veja só, se você me conseguir esses dados e a empresa os comprar, só temos que combinar a forma de pagamento. Esta última expressão afina ainda mais seu sorriso, confirma-o como um safado profissional: "combinar a forma de pagamento", por que não diz "combinar como lavar o dinheiro que vou lhe pagar"? A ideia não aparece como um tiro às claras, na verdade está começando a tomar forma. O pagamento de quê?, pergunta a prima Gladys, inoportuna, redundante nessa varanda, de nada, meu amor, diz-lhe o paletó de linho, o primo Armani, felizmente rude e machista: são negócios, coisas de homens. Ah, diz ela, desenrosca-se e se enrosca nele novamente, mas desta vez com a velocidade de uma patinadora no gelo, o que será que devem estar tramando?

– É um negócio meio babaca, meu compadre – diz-lhe Zeeman –. O que você vai vender, dados sobre o lixo dos outros? E onde se consegue isso?

– Exatamente, Nanico. Informação sobre o lixo: uma radiografia de quem consome o quê. Mas não de qualquer infeliz, nada disso, de pessoas estribadas. Veja, eu vou daqui a um tempo até onde esse malandro trabalha, caio em cima dele com uma lista de cinquenta camaradas, sujeitos top, empresários, gente de grana que compra babaquices caríssimas, e ofereço a ele uma lista minuciosa do conteúdo de seus lixos.

– Nem o serviço de inteligência consegue isso para você, Giácomo.

– Porque não precisam. Porque eles não vendem caviar, Nanico, senão eles fariam isso. Como você acha que pegaram Abimael Guzmán? Pelo lixo dele, principalmente.

– Nós não somos a Dincote [Dirección Nacional Contra el Terrorismo], Giácomo, caia na real, fazemos cartazes.

– Fazemos cartazes, mas temos que ralar mês a mês para não entrarmos no vermelho, Nanico, e temos um galpão gigantesco que está vazio porque não há pedidos. Um galpão que não alivia no aluguel.

O "Nanico" Zeeman o encara pela primeira vez com olhos incomodados. Aonde essa conversa vai parar? Num anúncio? Por acaso eles não tinham combinado desde o começo que ele fazia o design – os assuntos, as interpretações, as impressões em tela – e que Giácomo vendia tudo, faria os contatos, as *conexões executivas*, as vendas? Sim, mas sempre se sentiu em desvantagem com esse sócio cuja única arte era vender o que não fazia para depois desenhar sistemas obscuros e assimétricos de divisão dos lucros. Mas era seu amigo e o tinha aceito como ele era: a arte que não se insere num mercado não existe, tinha dito a ele sempre, e ele achava isso. Mas agora estava lhe propondo trocar um negócio de arte por um de lixo?

— Calma, Nanico, não estou lhe dizendo para encerrarmos nosso negócio. Eu estaria louco se lhe propusesse eliminar Zeeman, o Zeeman que nos custou tanto construir. Não, não. Só estou lhe dizendo para abrirmos uma nova frente de negócio, uma linha que nos dê mais dinheiro. Eu lhe garanto que convenço o primo Armani a apresentar a ele uma proposta séria, firme.

— E como você vai conseguir o lixo desses cinquenta "sujeitos top"? E como vai examinar esse lixo, vai entrar de cabeça nas lixeiras?

— Já pensei em tudo, vou trabalhar com porteiros de edifício, meu compadre, e os recicladores vão conferir o lixo para mim. É gente que dá duro a cinco pratas por dia, que vai continuar fazendo seu trampo do mesmo jeito. Eu vou apenas unir as duas pontas, como em todo negócio mas, isso sim, vou precisar de um local... Vou precisar do galpão.

Zeeman relaxa o rosto. O olhar tenso e perturbador que o compungia e desconcertava nas últimas horas dá uma afrouxada. Agora ele faz um biquinho que atesta a mudança, talvez a ideia não seja tão absurda, talvez Giácomo esteja tendo uma revelação inovadora e além do mais factível. Talvez o que ele queira, afinal, seja de fato procurar maneiras de fazer mais dinheiro para não ter que liquidar seus cartazes.

– Faz seis anos que eu o apoiei, Nanico. Entrei de cabeça na sua ideia, entrei com meu dinheiro, meu tempo, minha amizade. Todo mundo me dizia que as artes gráficas não são um bom negócio neste país e eu entrei na chuva junto com você. Eu, sim, achava que suas gravuras podiam ser vendidas por toda a Lima. E até que não nos demos mal, tivemos bons anos. Que agora a gente esteja na maré baixa é normal, todo negócio tem um ciclo, agora precisamos esperar outra onda que nos levante. Enquanto isso, entre um pouco na minha ideia. Só lhe peço para colocarmos o galpão a serviço deste projeto. Vamos ter a impressora da sua casa do mesmo jeito, para continuar fazendo cartazes, esse negócio não vai parar, mas para a demanda que temos hoje... o galpão está sobrando. E nós não queremos devolvê-lo, ou queremos?

– E se vier um pedido grande? – lança seu último golpe Zeeman.

– Aí a gente pensa nisso, Nanico. Mas, se continuarmos como estamos, vamos ter que devolver o galpão e aí, sim, pior, já não vai ter pedido grande nem pequeno.

Zeeman concorda com a cabeça. Dá uma parada, olha o céu pela janela do apartamento. A vista de sempre, as pessoas de sempre. A única coisa que muda nesta vida são as formas de inventar nosso sustento. Só sobrevive o que vende, o que faz dinheiro, o que ganha nesta vida, e não deixa que ela ganhe dele. Pega Giácomo pelos ombros, dá-lhe algumas palmadas imperceptíveis: fale com Bellido, lhe diz, e depois se retira, minha cabeça está doendo, compadre, vou tirar uma soneca.

Reduzir, reutilizar, reciclar. Llorente se lembra da voz seca e monótona do instrutor municipal conversando com eles, pela manhã. Enquanto isso, vai abrindo as sacolas de plástico que às vezes são amarradas com uma raiva intencional e que impede que ele, ou qualquer outro, possa desamarrá-las. Infecção urinária, diz a voz do médico, isto se cura com antibióticos. Pensa na menina, vê seu rosto assustado, a careta de dor, está ardendo, papai, está ardendo muito, quarenta pratas os comprimidos, puta que pariu, filhinha, onde você pegou essa merda? Apalpa um lado, o outro lado, pega a sacola por baixo, sacode o pacote, escuta o movimento das peças: o plástico e o vidro podem ser percebidos de ouvido, os metais pelo peso, sim, que aliás raramente são ensacados, mas sempre se deve conferir, meter o olho mesmo que seja por um canto, perceber pelo toque a linha do conteúdo em que se perdem as tampinhas de plástico, as garrafas descartáveis, as embalagens longa--vida de leite, de sucos e de vinho; as pilhas e baterias, o alumínio e o ferro podem grudar se não se verifica direito. Vocês já não são mais informais, já não precisam abaixar a cabeça diante de ninguém, agora a lei os protege, ele vai recordando enquanto caminha firme, com uma sacola grande no ombro, até o próximo montinho de lixo. Vocês estão regulamentados pela lei, ninguém pode vir encher o saco de vocês, prestem atenção, ouçam principalmente o artigo três: definições, reciclador independente, dois pontos, pessoa que realiza formalmente atividades de reciclagem, incluindo a coleta seletiva e a comercialização, e que não tem vínculo trabalhista com empresas prestadoras de serviços de rejeitos sólidos, empresas comercializadoras de rejeitos sólidos nem empresas geradoras de rejeitos sólidos.

Será que é verdade?, pensa ele. Agora podem vir os guardas-noturnos de sempre procurar encrenca, será que vão me deixar em paz se eu lhes mostrar minha carteira de reciclador? Llorente ri, e pensa: esses merdas não acreditam em ninguém. Vidro, sente, vidro inteiro de garrafa pesada, de garrafa de bebida alcoólica, com certeza, de bebida cara, estas pessoas têm grana, caralho, o vidro sempre é sinal de grana para quem o consome e não para quem o recicla, tinha dito o instrutor, porque é pesado demais e paga o mesmo que o plástico. Com caminhonete ou charrete o vidro realmente funciona, esse vidro que é abundante nestes bairros, dá para carregar fácil. Por enquanto, só plástico, garrafas de refrigerante, de iogurte ou de água. Setenta centavos o quilo, olha para a sua carga, quebra a cabeça, calcula, já tirou o das passagens de ida e volta para Independencia, agora falta o importante: seus comprimidos, menininha, puta que pariu, mais quantos quilos para isso?, tudo porque você não limpou a periquita direito, com certeza, porque sua mamãe nunca está com você, com certeza. Caminha, aperta o passo, deixar meia dúzia de sacolas pretas na esquina, bolsas gordas e sem forma, essas são as melhores, não tinha dúvida, recém-tiradas pelo porteiro do prédio, só aí se tem a certeza de que ninguém mais meteu o nariz antes. Para e vira as costas, aproxima-se da rua como quem espera passar um táxi, na encolha sempre, na encolha, tem que ser assim, deixar que o porteiro vá embora, para não criar confusão e pronto, agora pode cair em cima, só no toque.

Plástico, vai sentindo, manipulando, manuseando, puro plástico e do bom, indicam seus dedos, ah, hoje é o meu dia, pensa, sorri, já nem abre essa sacola porque deve ser só plástico, esta eles me deixaram para você, filhinha, com isto dá para cobrir tudo, quando de repente, veloz e decidido, aparece pela Manco Cápac, descendo de Larco, um reciclador lúmpen que, com o voo de um abutre experiente, crava suas garras nas sacolas que ele vai examinar: é o Dante "Pirado", que é bem conhecido na área.

Oi!, coloca-se de pé Llorente, sai de um salto da posição agachada. O que está acontecendo, Príncipe? Não banque o esperto que esta rua não é sua, diz-lhe Dante "Pirado" sorridente, desafiador. Enche o peito e rapidamente se agacha na direção de uma sacola que ainda está intacta. É uma forma de diminuí-lo, ignorar suas reclamações, indo de frente para cima das sacolas. Esta carga é minha, cara, vá para outro lugar, retoma Llorente, indiferente ao prontuário de ex-presidiário do Pirado: você é de Lovaina, não é?, pois volte pra lá, meu chapa... Vá embora você, babaca!, estou lhe aconselhando, pigarreia Pirado, ainda encachaçado e sem o encarar, largue-a, pegue outra, um dois, sente plásticos, agarra-a contra o peito, enfia-a em seu saco de juta... Me dê isso, ei, essa sacola é minha, esquenta-se Llorente, com o rosto furioso, os olhos pegando fogo, está disposto a sair no tapa. Pegue seu lixo, babacão,

Pirado lhe atira uma sacola que ele levanta e joga em seu rosto, é um pacote pesado, já não são como os plásticos que carrega no ombro.

– O que está acontecendo com você, seu filho da puta? – empurra-o LLorente, ajeita-se, chuta a perna do outro. Recua e se põe em guarda.

Nesse momento o porteiro do edifício aparece, quer expulsá-los. Llorente o usa como escudo quando seu oponente tenta se defender e bater nele de volta: Fora, porra!, fora daqui!, diz o porteiro. Está no meio da briga, olha para os dois com asco e desprezo para evitar o ódio do Pirado, mas é para este último que ele fala: Vou chamar a Guarda Municipal! Llorente recua, olha seu sacolão como se fosse um tesouro, identifica as sacolas que tinha acabado de separar, aproxima-as com o pé, espera que Dante "Pirado" vá embora, mas este não perdeu a raiva, não salta sobre Llorente porque tem entre os dois o porteiro que diz a ele para cair fora; em vez disso ele recua, há um poste de luz e um hidrante de água; no meio deles, escondido entre a inclinação da calçada e a rua, há uma varinha de ferro que Dante "Pirado" apanha rapidamente e sorri: saia do caminho!, diz para o porteiro empunhando a varinha, senão eu arrebento você também. O porteiro hesita, percebe o perigo e se afasta. Llorente fica quieto, paralisado pelo susto, não quer abandonar suas sacolas, hesita em correr, vão partir sua cabeça ao meio quando... Pow!, um tiro. Pow!, outro. De onde estão vindo? Os dois erguem o olhar, para o porteiro, para o prédio, para a rua. Pow! Dante "Pirado" se abaixa, dispara a correr com a varinha na mão até que a solta, deixa sua sacola de juta abandonada; Llorente se agacha, olha em volta, descobre o porteiro petrificado por trás das grades do edifício, como se aqueles finos lingotes contra roubos pudessem protegê-lo de uma bala; seus olhos continuam a pesquisar e param na janela do quarto andar, na luz acesa, na janela aberta, na figura de um homem alto que ele consegue ver apenas de perfil. Os tiros vieram dali, diz Llorente e sem explorar mais sacolas enfia tudo no sacolão e pega também o saco de juta que Dante "Pirado" abandonou. Joga-os sobre o ombro e começa a andar a passos largos. Não dá para dar bobeira, pensa, daqui até o ponto de ônibus direto, um quarteirãozinho até o micro, aqui tem vinte, vinte e cinco pratas pelo menos, até mais, imagina ele quando chega à esquina. Valeu a encrenca, filhinha, diz a si mesmo, com isto resolvemos o problema, pego a outra metade emprestada e pronto!, pagamos a dívida do médico e amanhã não venho para essas bandas nem cagando, imagina, planeja, amanhã vou para San Isidro, até para Surco, para não ter que cruzar com este infeliz e sua turma de Lovaina...

De um momento para o outro, Llorente sente que alguma coisa vai bater na sua cabeça. Poderia ter sido mortal se não tivesse percebido um segundo antes e conseguido se afastar alguns centímetros, de maneira que o porrete não bateu em cheio na sua cabeça e até resvalou pelo seu flanco, raspando em sua orelha e freando no ângulo do ombro e da clavícula, onde se fez em pedaços. Ele poderia imaginar que se trata da ponta de um remo, se a madeira que o atingiu não estivesse escavada e oca. Llorente caiu imediatamente no chão, e ali recebeu pontapés no peito, no rosto, nas costas. Estava a ponto de perder a consciência quando de repente tudo parou, os golpes pararam e novos tiros foram ouvidos, e agora pareciam mais perto. Ouve gritos, intui que está a salvo até que sente uma mão enorme e ossuda que segura seu ombro.

– Não se mexa – diz-lhe a voz, num castelhano forçado – vamos chamar uma ambulância, vamos levá-lo a um posto de emergência.

O porteiro sobe apressado porque deixou a recepção abandonada e acha que é melhor dizer isso pessoalmente. Como sabe que os Amenábar saíram, Keyla devia estar sozinha. Toca a campainha. Ela abre. Fica surpresa. O que está acontecendo?, pergunta a jovem e ao mesmo tempo antiga empregada do casal. Nada, Keylinha, só queria lhe dizer que ultimamente o lixo não está caindo direito pelo duto, sempre se rasga e é uma dor de cabeça para o recolher. Você acha que pode entregá-lo para mim, só isso? A garota franze a cara, acha o pedido um absurdo e não consegue esconder isso: todo o lixo?, pergunta ela, porque eu sempre separo os vidros e deixo essa sacola lá embaixo, não a jogo pelo buraco, mas você quer todo o lixo? Sim, Keylinha, o que acontece é que às vezes a sacola que não tem vidros também rasga. Você me chama pelo interfone, pronto, eu subo e levo o lixo todo. Só não faça isso durante o dia, que você sabe que eu só trabalho no turno da noite, está bem?, posso contar com você?

A mulher dá de ombros e aperta os lábios: tudo bem, diz ela, se você quer assim. Obrigado, linda, um domingo destes vou levá-la para passear, está bem? Já está na hora de você trocar esse noivinho chato. Ela fecha a porta devagar, sem se despedir, mas o sorriso que deixa no ar indica que ela cumprirá à risca o prometido.

Pode me contar, diz Eusebio Bellido enquanto se recosta em sua cadeira alta de couro macio com braços de alumínio brilhante, mas conte bem depressa porque tenho uma reunião em meia hora. Serei breve, diz Giácomo, só quero que você leia esta lista e me diga se lhe interessa. São cem nomes. Dos cinquenta primeiros, posso lhe oferecer informações detalhadas, os outros ainda não estudei, mas se a coisa andar bem com os primeiros, garanto que posso conseguir o resto também. Bellido lê em silêncio, depois ergue as sobrancelhas e as mantém no alto: porra, você escolheu com lupa as carteiras mais recheadas de Lima, está me dizendo que vai conseguir rastrear o lixo de todo este pessoalzinho? Custo a acreditar em você, meu compadre. Pois então faça um teste comigo, enquadra-o Giácomo.

Bellido continua lendo a lista, aproxima-a um pouco dos olhos por miopia ou interesse, e depois continua: como eu vou saber se você não andou peneirando a agenda da Bolsa de Valores para pegar estes nomes e depois vai inventar todo o resto?

Giácomo se levanta, caminha até a janela desse escritório que olha de cima o centro de San Isidro e dali lhe responde, dando as costas a ele: primeiro, porque você precisa confiar, compadre, porque, senão, não vamos chegar a lugar nenhum; e segundo porque você pode ir quando quiser para ver meu galpão e confirmar que meu pessoal recolhe o material do lugar certo. A agenda serviu para eu ter os nomes e endereços, é verdade, mas fui eu quem depurou a lista e conversou com porteiros, empregadas domésticas e vigias destas pessoas. Venho lhe propor um contrato de seis meses. Vou ter dez recicladores e uma secretária no galpão. A verdade é que já avancei tanto neste projeto que, se você não quiser, vou ter que vendê-lo a qualquer outro, porque eu acredito realmente que isto vale. Que empresa de marketing exclusivo não vai querer uma escaneada dessas sobre aquilo que os cem homens mais ricos do Peru consomem? Mas eu quero trabalhar com você, pois é meu camarada, eu de fato confio em você.

Bellido respira, inspira lentamente pelo nariz e expira rapidamente pela boca: está bem, diz ele, vou lhe fazer uma proposta. Então já estamos nos entendendo, sorri Giácomo, dando meia volta e retornando a seu lugar. Ficam frente a frente. Agora já posso lhe explicar como é caro conseguir uma coisa tão valiosa, pensa ele.

Não entendo por que não usamos o sistema dos gringos, corta-o o vereador Solórzano, bastaria usar um bom latão metálico que seja levantado com uma pinça de caranguejo parecida com a que o senhor nos mostrou, mas muito menor. É assim no estado de Washington, não precisa ser subterrâneo. Será que esse é um sistema superior ao que temos hoje?, interrompe o vereador Masías. Por ser a primeira pergunta concreta da noite, cria uma expectativa exagerada, quebra essa modalidade de silêncio do monólogo expositivo de um expert que fala com aprumo. Quer dizer, dá para ver que é bem moderno, bem tecnológico, retoma Masías, mas na hora H, será que é melhor? Sai mais barato, por exemplo? É um investimento milionário para ganhar o quê?, que o lixo não fique na calçada durante a noite? O sistema americano que Solórzano menciona não é mais barato? Essa já é uma boa razão, interrompe o vereador Padilla, qualquer pessoa que caminhe por Miraflores à noite tem que fazer malabarismo para evitar as sacolas de lixo: é como andar num campo minado. E o mau cheiro... São uma ou duas horas no máximo, defende-se Masías. Desde que os vizinhos tiram suas sacolas a partir das nove da noite até as dez ou onze horas, quando passa o caminhão de lixo, são só duas horas em que as sacolas ficam na rua. Não estou dizendo que isso seja bom, mas não sei se o remédio não vai ser pior do que a doença. Não é bem assim, intervém agora o prefeito, na teoria só se deve tirar o lixo depois das nove, mas pessoas começam a tirá-lo desde as sete e, apesar de nós termos tentado corrigir isso com multas, é muito difícil. O caminhão deve começar seu percurso às dez da noite, mas esse é outro problema, nós alugamos os caminhões da Prefeitura de Lima e eles sempre chegam tarde. A verdade é que estamos começando à meia-noite e terminando por volta das quatro da manhã. Então, é quase a noite inteira que o distrito mais turístico deste país fica saturado de lixo, e, se vocês somarem a isso que os recicladores deixam tudo igual a chiqueiro, então é muito pior ainda. Deixem o senhor Van Dycke apresentar a vocês as vantagens deste sistema. Eu lhes garanto que depois que nós o implantarmos virá uma fila de distritos querendo nos copiar. Imediatamente todos ficam em silêncio e os olhares se concentram em Van Dycke, de pé, esperando sua vez. Está na hora de ele se defender.

Llorente salta do ônibus. Está no último ponto da linha. Caminha e sente a fisgada dos hematomas em suas pernas. Ele para por alguns momentos para recuperar as forças. Respira e continua. Chega às escadarias. São infinitas. Nesse trecho sempre tem sol, o complemento cruel para que o esforço da subida desidrate a pessoa. Agora sim ele sente punhaladas nas coxas, nos glúteos, nos ombros. Os joelhos mal podem sustentar o peso do corpo. Ele transpira. Um corte no queixo e uma maçã do rosto inchada que deixa seu olho espremido como o de um chinês mudam completamente sua aparência. Quando bate na porta da casinha de tijolos sem reboco, com teto de esteiras de palha alinhavadas sobre vigas de madeira, encontra a senhora Lumi com Bety a seu lado, colorindo figuras num caderno. Llorente!, exclama a mulher deixando que o susto tome conta dela, o que foi que aconteceu com você?! A menina olha para ele petrificada, mas depois vai correndo abraçá-lo. Como você está, meu amor, minha filhinha? O que aconteceu com você, papai? Nada, minha garotinha. Tive um acidente trabalhando, levaram-me ao hospital, mas já estou bem, não se preocupe. E o seu rosto, o que aconteceu com seu rosto, papai? Llorente ergue os olhos para a senhora Lumi: obrigado, diz a ela, só telefonei tarde porque na Emergência não me deixaram nem me mexer. Depois um sujeito da prefeitura, um estrangeiro, me levou para sua casa e só há pouco eu pude telefonar. Tive que dormir por lá porque não conseguia nem andar e na Emergência eles curam e depois dão um chute. Está doendo?, pergunta Bety enquanto afunda seu dedinho na sobrancelha inchada de Llorente. Não, meu amor, diz ele, mas faz uma careta de quem está recebendo suco de limão numa ferida aberta. Melhor é você me dizer como está, continua ardendo quando você faz xixi? Um pouquinho, diz ela sorridente, hoje Lumi me comprou uns comprimidos que vão me curar. Muito bem, diz Llorente, e se senta no sofá rasgado do cômodo. Essa é a minha garotinha, obediente e responsável, diz à menina e depois se vira para a senhora: outros recicladores me agarraram, diz a ela num tom fúnebre que ele não esconde da menina. Tenho que mudar de trabalho. Descanse, só isso, que amanhã eu levo a menina ao colégio. Obrigado por toda a sua ajuda. Logo logo eu vou lhe pagar o que me emprestou para os comprimidos também. Llorente abraça sua filha e repousa suas costas no sofá. Está exausto e dolorido, mas inteiro, pensa ele, felizmente inteiro.

Alô, Nanico? Boas notícias, compadre. Ele mordeu o anzol inteirinho. Valeu toda a trabalheira que tivemos, está vendo? Tentou me roubar no preço, regateou só um pouquinho, mas vai nos pagar toda quinzena. Jogou duro também em nos adiantar a primeira. Ofereci lhe dar faturas da empresa mas não, disse que nada disso, um sobre o outro. Melhor para nós, pois, o babacão!, sobra mais dinheiro para nós. O quê? Bem, sobre isso eu disse a ele que precisa esperar um pouco para que a parada dê frutos, ele não vai ter resultados no primeiro mês. Você vai ver como vai funcionar. Na pior das hipóteses, temos muito pouco a perder. Veja bem todos os carinhas da lista, os cinquenta mais graúdos, estão concentrados em quatro distritos, e ainda por cima em poucos quarteirões. Na Asociación de Recicladores de Lima me deram os nomes dos manos que reciclam nessas áreas e eu já os localizei. Um deles, o de Miraflores, é o camaradinha que está sempre na esquina, aquele a quem oferecemos um trampo no galpão, nos bons tempos em que não dávamos conta, aquele que chamam de Príncipe. Ele já falou com os porteiros e me garantiu que seis, com certeza, vão entregar o lixo separadinho. Esse camarada conhece o movimento de todo o quebra-mar. Então: há dois em San Isidro e mais dois em Chacarilla com quem também já conversei. Falta o pacote mais graúdo, que são Las Casuarinas, onde não há recicladores, meu compadre, porque ninguém passa pela porteira. Lá eles têm seu próprio sistema de lixo que desce todo num carrinho e depois é deixado na entrada para que o lixeiro o carregue. Aí o manda-chuva é o cara do carrinho, preciso conversar com ele porque é ele quem recolhe de cada casa. Isso não vai ser barato. Que graça são estas pessoas, hein?, o caminhão de lixo nunca passa pelas suas portas. Então, eu lhes disse que compro o lixo deles com nome e sobrenome, mas eles têm que levá-lo até o nosso galpão. Além disso eu ofereci a eles, começando pelo Príncipe que é quem eu conheço mais, que se eles trabalharem uma hora fazendo o inventário do lixo eu lhes pago um extra e ainda por cima deixo que eles levem tudo que for reciclável. Um "negoção" para eles também. Tenho três já confirmados e a filha do porteiro vai dar duro com a gente toda tarde, fazendo as listas. Os recicladores não bastam, alguns não sabem ler nem escrever. Ela tem que fazer as listas, arrumar tudo direitinho em tabelas no computador, você sabe, trabalho de mulherzinha. A mina é esperta, então tudo bem. O quê? Não, isso também não quer dizer que já está tudo pronto, mas se vamos começar na segunda-feira precisamos preparar mesas de alumínio..., cirurgiões de lixo, Nanico, não ria. Tudo entra no ambiente principal, eu estou calculando, mas para isso é preciso mudar de lugar as duas impressoras grandes e os cilindros de tinta. Sim, eu lhe disse que poderíamos colocá-las num canto, mas não nos deixa espaço, Naniquinho, não banque o difícil, no seu apê ainda tem lugar, você leva a metade para lá e a outra metade... vamos ter que enfiá-la no escritório então, entre as escrivaninhas. Eu sei, Naniquinho, não esquenta, mas você não vai querer deixar todas as suas máquinas num lugar cheio de sacolas de lixo, vai? Com um cheiro de merda, ainda por cima. Você vai ver que quando isto funcionar, vamos estar apinhados, mas de dinheiro, meu compadre. Está certo, então? Você as tira dali ainda hoje à tardinha?

Haviam sido meses de comunicação por telefone, e-mails de ida e volta, discussões tripartites com prefeitos de cidades espanholas e belgas. Tinham assinado um contrato milionário para instalar 56 contêineres e comprar o caminhão-caranguejo para recolher. Van Dycke pensou que haveria unanimidade nos pareceres quando o contrataram. Sua apresentação era apenas uma reafirmação do que já tinha sido combinado, de forma nenhuma ele estava submetendo o projeto à votação. Ele o comandaria em nome da empresa holandesa que representava e já não era possível dar marcha a ré, disse a si mesmo e rapidamente se lembrou de que nunca faltavam as resistências e que fazia parte de seu dever enfrentá-las.

O sistema é oneroso, é verdade, começa Van Dycke como se renascesse das cinzas, como se saísse de sua trincheira para abrir fogo. Mas traz uma solução de longo prazo, ressalta ele, depois que tudo estiver instalado a manutenção é mais econômica do que pagar um caminhão com pessoas que recolhem o lixo manualmente. O argumento deveria ser mortal, mas a sala não parecia ter percebido. Van Dycke se lembra: tinham lhe dito isso quando perguntou pelo sistema de saneamento de Miraflores. Tudo era executado por homens, sim, por mãos de homens, homens com mãos nuas recolhiam sacola por sacola para jogar no caminhão; era um distrito que devia ter o PIB *per capita* de Copenhagen, mas recolhia seu lixo como na África subsaariana. Por isso a sua ajuda seria tão importante, tão revolucionária. Economia em salários e custos trabalhistas, prossegue o holandês, mas principalmente em seguros de saúde e sistemas de prevenção e compensação se seus funcionários sofrerem um acidente ou uma doença decorrente do contato com o lixo. Não é um argumento forte, lembra-se ele, em alguma daquelas conversas telefônicas tinham lhe explicado que a mão de obra e a moral do empregador eram muito baratas neste país, que os direitos trabalhistas eram na verdade apenas simbólicos. Que ele não deveria ir por aí, que esse argumento de fogo no hemisfério norte aqui era apenas um acréscimo estético.

Poderia ser uma economia no longuíssimo prazo, intervém Masías, mas o curto prazo também é importante, este projetinho vai deixar o município de Miraflores na falência. Diga-lhe os verdadeiros benefícios, senhor Van Dycke, com voz de poucos amigos, faça-os ver que a economia é apenas uma parte, que não é o principal. Esse era o meu ponto seguinte, obedece o holandês. Permitam-me terminar minha apresentação.

O novo slide da apresentação tem como título "vantagens do UC" e começa por uma lista de pontos focados nos lucros da substituição do homem pela máquina, mas especialmente no fato de que já não haveria homens em contato direto com o lixo. Será que este slide tinha sido pensado só para esta apresentação no Peru? Van para a imagem durante alguns segundos em silêncio para que todos leiam o que ele já tinha dito, depois, clic, mostra um novo grupo de vantagens associadas ao fato de que o lixo já não esteja exposto às intempéries: menos doenças, menos contaminação, menos distorção da imagem pública se um dia o caminhão ou os coletores de lixo falhassem. E mais uma vantagem, clic, uma para Lima em especial e para Miraflores em particular: acabaria definitivamente com os recicladores. Seria impossível para eles terem qualquer contato com o lixo, na medida em que ele estivesse submerso no contêiner. E, ao que parece, observa Van Dycke, este é um problema sério no distrito, um argumento que ninguém conseguiu rebater.

O que aconteceu?, pergunta Llorente quando abre os olhos e vê um teto branco baixinho em cima dele. Bateram em você para roubar seu filho, diz-lhe uma voz grave que gorjeia o castelhano. E onde nós estamos? Num hospital de emergência, fizeram exames em você e temos que esperar o resultado? E o senhor, quem é? Van Dycke afastou o olhar e em vez de responder disse que iria verificar se o médico já tinha visto as radiografias. Depois voltou com um homem de avental branco que conversou com ele por alguns minutos, mas ele não entendeu o que o outro estava dizendo. Que se o corpo aguentasse caminhar ele podia ir embora, porque não tinha ossos quebrados. Mas, isso sim, deveria ficar em repouso absoluto para desinchar os traumatismos e fazer uma série de exames que ele com certeza nunca faria. Llorente mal conseguia ficar em pé e para caminhar precisaria apoiar o corpo ao do holandês que lhe servia de cajado. Van Dycke pagou as despesas e o levou para seu apartamento sem lhe dizer nada. Quando chegaram, acomodou-o no sofá da sala, trouxe-lhe travesseiros e gelo enrolado numa toalha. Tirou seus sapatos, preparou para ele um sanduíche com presunto e pepino e lhe serviu um copo de leite. Depois de uma hora, Llorente abriu os olhos ou tentou fazer isso e ficou espantado olhando o apartamento: uma parede coberta de livros, outra de quadros, um bar facetado cheio de taças e garrafas, e o holandês, sentado a seu lado, administrando os cubinhos de gelo que cobriam seu corpo. E o senhor, quem é?, perguntou novamente o ferido, duas horas depois da primeira tentativa. O dono do lixo que quase provocou sua morte, acusou Van Dycke, irônico. Eu moro neste andar. Há dois meses vim a Lima e sempre o vejo reciclando.

Llorente tornou a fechar os olhos e a recostar a cabeça como se depois da surra esse tivesse que ser agora seu estado natural. Sem se mexer, perguntou por que ele estava fazendo aquilo por alguém que ele não conhecia. Porque quase o mataram na minha frente, você acha pouco? Llorente se ergueu no sofá e sentiu de repente a intensidade de todas as pancadas que tinha recebido: foi o senhor quem fez os disparos?, perguntou depois de uma nova tentativa de abrir os olhos. Tenho uma arma de festim, sim, disseram-me que poderia ser útil por ser dissuasiva, mas eu nunca pensei que a usaria. Tenho que ir embora, queixou-se Llorente, e Van Dycke apenas respondeu com uma olhada no relógio e um argumento irrefutável: a esta hora já não há ônibus e certamente você mora longe e tem que caminhar até sua casa, fique aqui esta noite ou não chegará nunca. Depois de alguns segundos de silêncio, Llorente voltou a falar, agora com os olhos fechados: Muito obrigado, não tenho como lhe agradecer. Posso lhe pedir mais uma coisa?

Van Dycke juntou as janelas até deixar uma fresta imperceptível e fechou as cortinas. O telefone está ao seu lado, o banheiro é atrás daquela porta e agora vou lhe dar uma colcha para o caso de sentir frio. Diga-me, do que você precisa? Llorente sorriu, constrangido pela hospitalidade: quem é o senhor? Meu nome é Ruben van Dycke. Estou há algum tempo em Lima trabalhando para a administração municipal de Miraflores, detalhou. Llorente ficou observando-o, adestrando seu ceticismo em silêncio: o senhor nem sequer perguntou meu nome, costuma trazer desconhecidos assim tão facilmente para sua casa? Você não é um desconhecido, esclareceu Van Dycke. Você é o Príncipe. Na vizinhança todos conhecem você, garantiu antes de apagar as luzes e sair para seu quarto. Agora descanse.

Bellido não fala, é verdade, mas eu já encontrei a maneira de saber o que eu preciso, Nanico. Quer saber como? Pois estou comendo a secretária dele. Que sucesso, hein? Eu disse a ela que era primo de seu chefe e mais algumas saídas ela estava no papo. Todos a chamam de Aranhinha, saca só, tem apelido melhor para uma putinha? A magrinha é ótima, mas o melhor é tudo o que ela me conta sobre os negócios. Veja só, parece que Bellido tem clientes bem variados. Um deles é uma agência de marketing direto, é assim que eles se intitulam. Os sacanas vão com tudo para investigar o que é que determinados clientes querem e atiram com mira telescópica: açafrão iraniano, caviar beluga do Mar Cáspio, champanhe Krug, conhaque Henessy e babaquices desse tipo. Mas isso é o de menos, isso rende alguns trocados e agora em Lima é fácil conseguir. O negócio graúdo está mais exatamente em caprichos sofisticados, nos pedidos excêntricos sem marca conhecida. Veja só, dizem que um dos irmãos Aristizábal compra camisinhas de tripa de cordeiro, cada uma custa pouco mais de quinhentos mangos, das verdinhas, já imaginou? Dizem que é tão fina que é como estar sem nada. Eu sei que existem há centenas de anos, que não foram inventadas ontem, mas pira então no nível de sofisticação a que devem ter chegado. Eu lhe garanto que esse cara não compra isso para transar com a própria mulher, que já deve andar lá pela menopausa, mas para a fila de modelinhos que ele deve alugar todo dia. Sabe-se também que o Camargo, sim, o fabricante da cerveja, manda trazer uns tubinhos com pó de chifre de rinoceronte que valem uma pequena fortuna. E você sabe por quê? Porque é um afrodisíaco dos deuses, Naniquinho. Ui, os afrodisíacos, que negócio, meu compadre, nada de mitos, essa asneira existe, dizem que há um leitinho que eles tiram de algumas árvores da Somália que deixa as fêmeas enlouquecidas, puro viagra!, certamente, mas sem esse nome, aquilo sim era um mito da nossa juventude. E assim vai, de babaquice em babaquice, que nem você nem eu poderíamos imaginar. Pois bem, sabe o que fazem estas empresas de marketing direto? – o termo me faz pensar num franco-atirador –, identificam estas excentricidades, rastreiam sua origem e procuram fornecedores mais baratos. Depois enviam uma carta toda elegante para o cliente: caro Aristizábal, sabemos que o senhor chifra sua mulher como um louco usando camisinhas de quinhentos mangos. Nós temos outro modelito, mas com cordeiros nepaleses e não os paquistaneses que você compra. Custa um pouquinho mais caro, mas você vai notar a diferença. Você pode imaginar? Meu caro Belloni, temos este pozinho de rinoceronte bebê que tem muito mais *power* do que o que você compra, só que por umas verdinhas a mais. Bem, é tudo assim, diz a Aranhinha que Bellido lhe contou que muitos destes velhotes mamam vinho de mais de mil dólares a garrafa como se fosse um caralho: numa terça eles desarrolham um Château Margaux e na quinta um Petrus Pomerol. Você já sacou que somos nós que lhes damos esses dados? Enfim, Bellido não me conta nada disto, diz apenas que é certo que vamos renovar o contrato, mas eu sei que ele está se forrando, por isso vou subir a tarifa. Mas o que nós vamos acabar fazendo, Nanico, é pular o primo Bellido e ir direto nos seus clientes. Pois a Aranhinha até me contou que uma agência de detetives já foi procurar o babaca para que ele lhes venda informação. E não lhe digo nada sobre o quanto vão pagar para saber quem joga fora baganas de baseados. Veja só a grana que ele deve estar ganhando nas nossas costas. É isso aí.

Bem, antes que eu me esqueça, precisava lhe contar que vou contratar mais dez recicladores a partir da segunda-feira. Eu sei que vão ficar apertados, mas a coisa vai funcionar do mesmo jeito. São de uma comunidade de Lovaina, dizem, quem os comanda é um tal de Dante. Agora até estes bundões estão cooperativados. Eu preciso de pessoas avulsas, mas não é fácil conseguir dez cabras assim do nada. Eu disse ao Príncipe que passasse o recado ao seu pessoal, mas ele me diz que não tem pessoal, então fiquei com este grupo. E agora o Príncipe está dizendo que vai embora, que não vai trabalhar com estes bundões. Veja como são convencidos estes nossos chapinhas, são umas mulherzinhas também. Eu disse para ele ir embora, então, mas não encha o saco, não é? O que você acha, meu compadre, conhece esse Príncipe?

Este é um sistema que evita o detalhamento operacional, continua Van Dycke num tom renovador, com voz forte, decidida, com voz de "não me encham mais o saco por miudezas", pois está lhes trazendo o que há de mais moderno no mundo. Basta olharem estas cifras, clic: uma lista de *ratios* entre pessoas dedicadas à coleta de lixo e o montante de lixo, em quilos, que cada um deles recolhe. Esta era a tecnologia do atacadista das modernas economias de escala: um único homem tecnificado e treinado no manejo das pinças do caranguejo levantaria toneladas de lixo como em qualquer país desenvolvido. Vamos lá, pensa Van Dycke, que outro porém vão me contrapor?

As perguntas continuaram, mas o tom mudou. Agora todos conversavam com ele em termos técnicos, sobre o tempo de implementação, sobre o prazo de convivência dos dois sistemas, sobre as áreas do distrito por onde se deveria começar. Van Dycke começa a sentir o peso do cansaço, do voo de doze horas, dos preparativos para a viagem, da chegada abrupta ao aeroporto Jorge Chávez, do paredão de perguntas que ele havia enfrentado. Mas alguma coisa lhe diz que ele ultrapassou essa primeira prova, que triunfou neste primeiro dia na América do Sul, e que viriam outros como este, iguais e diferentes, e que a implementação de tecnologia avançada num país de mentalidade atrasada não seria fácil. Mas ele estava disposto a travar essa batalha, a enfrentar as vicissitudes que pudessem aparecer, porque esse era o seu espírito. Naquela tarde as perguntas acabariam e o levariam para provar um drinque chamado *pisco sour* no salão de eventos da municipalidade, ele continuaria falando mais um pouco sobre o contêiner e suas vantagens até que por fim o agente Álvarez – Álvares!, o senhor ressuscitou, encolhido no canto da sala vendo sua apresentação como um turista – iria levá-lo até seu apartamento que o município lhe ofereceria. Ali ele poderia tomar um banho, descansar, dormir, ir atrás de alguma coisa para comer, voltar a descansar, descobrir os canais de televisão peruanos e finalmente dormir para no dia seguinte continuar a batalha.

Quem está falando, pergunta Van Dycke depois de tirar o interfone do gancho. Sou eu, Llorente, diz uma voz tímida e hesitante. O reciclador que o senhor ajudou no outro dia. O Príncipe?, sorri o holandês, alegre. Sim, o Príncipe. Pois então suba, responde-lhe a voz.

Llorente está usando sua melhor camisa, mas o holandês nem desconfia disso. Seus cabelos parecem penteados com gel, mas a oleosidade que brilha é natural. Seus sapatos estão tão enrugados e rasgados que mesmo calçados parecem tamancos. Ruben Van Dycke abriu a porta de seu apartamento e a luz que entra por trás projeta uma sombra longa e estreita sobre o reciclador. Vamos entrando, convida-o o holandês, com um gesto decidido. Só vim lhe agradecer por sua ajuda no outro dia, adianta Llorente parado no umbral e carregando um envelope branco nas mãos, não se preocupe porque não quero incomodar. Pois não está incomodando, eu lhe garanto, recua o holandês para abrir caminho, entre e beba alguma coisa comigo.

Llorente reconhece a sala onde tinha dormido naquela noite. A luz é diferente, mas a paz do lugar continua sendo a mesma. Tudo é bonito e organizado, talvez como Van Dycke. Já se recuperou?, pergunta-lhe o holandês enquanto abre duas cervejas e lhe entrega uma. Os dois se sentam no sofá em que Llorente dormiu. Sim, já estou bem, afirma o reciclador enquanto fixa o olhar naquela estante coberta de livros. Pensa: quem conseguirá ler tanto? Queria ter lhe trazido algum presente, diz finalmente, mas como o senhor sabe minha situação é difícil. Não precisa me trazer nada, brinda Van Dycke, bate o vidro das garrafas que em breve alguém irá reciclar e bebem: é uma cerveja belga. Eu sei, eu sei, não que eu me sinta em dívida ou obrigação, mas faz alguns dias que minha filha fez um desenho; eu contei a ela que tinham me espancado e que um homem bom tinha me ajudado. Veja – e estende o desenho ao holandês, que o desdobra com a mão livre –, minha filha nos desenhou: eu ferido e o senhor cuidando de mim. O holandês se concentra em observar o desenho. O personagem que o representa tem uma seta com a legenda em que se lê: "homem bom". É para o senhor, esclarece o reciclador, é a única maneira que tenho para lhe dizer muito obrigado. Gente!, eu é que lhe agradeço, responde Van Dycke olhando o desenho e empunhando a cerveja: pela sua filha – brinda –, você é um afortunado. Llorente ergue o braço e volta a beber em silêncio. Por que o chamam de Príncipe? É meu nome, sorri ele, Llorente Príncipe, só que todos acham que é um apelido. Van Dycke faz que sim com a cabeça, e trabalha sempre com reciclagem? Nem sempre, explica o reciclador um tanto orgulhoso, às vezes trabalho como guarda-noturno, isso paga mais, mas só quando precisam substituir alguém. Sempre trabalhei com isso, mas tenho andado sem trampo. A reciclagem é um quebra-galho – um complemento?, pergunta Van Dycke –, é isso, uma entrada extra. Agora eu abandonei um pouco porque estou trabalhando numa oficina de reciclagem, recolho sacolas do mesmo jeito, mas estou nesse escritório onde registramos o lixo. Paga muito melhor do que a reciclagem. Fica por aqui, a duas quadras, sempre trabalhei em Miraflores, durante anos fui vigia em algumas galerias de Larco, por isso conheço bem toda esta área.

Eu também trabalho com lixo, explica o holandês, na Administração Municipal de Miraflores. O senhor é o chefe dos caminhões de lixo?, pergunta Llorente, surpreso. Não, eu fui contratado para instalar um novo sistema de armazenamento: colocaremos contêineres subterrâneos por todo o distrito e muito em breve não haverá mais lixo à vista. Você já não vai poder reciclar, Llorente, diz a ele incomodado. Ah é?, surpreende-se o reciclador, quer falar, mas não lhe ocorre nada: então terei que mudar para outro distrito, até porque o pessoal de Lovaina está aqui, e eles são uns delinquentes. Quem?, pergunta o holandês com uma expressão intrigada, como se conhecesse Lovaina, mas não seus integrantes. Aqueles que o senhor botou para correr no outro dia, justamente os que me espancaram, explica Llorente, aqueles no fundo são gatunos, mas fazem de tudo para que ninguém os descubra. São o quê?, pergunta Van Dycke desconcertado, é difícil acompanhar o Príncipe: gatunos, ladrões. Quando eu era vigia, sei que uma vez entraram numa casa. Eu os vi e eles sabem que eu os vi, por isso têm bronca de mim. Agora eles também estão reciclando, mas na verdade é só para espiar os horários das pessoas; eles continuam sendo gatunos. Esses caras são umas ratazanas, sabia que eles agora se meteram no galpão de reciclagem em que estou trabalhando?, acusa Llorente. E isso aí? Como é um galpão de reciclagem? O reciclador arqueia as costas, leva as mãos à cabeça e alisa uns cabelos hidratados com uma gordura natural. Será que ele falou demais? Será que o galpão de reciclagem é uma empresa formal? Seria inclusive legalizado? Llorente explica o que é o galpão, convencido de que o holandês devia ser um homem confiável. Explica que o lixo é armazenado ali, é registrado e depois se pode levar embora. Que ele não sabe para que fazem isso, certamente eles vendem estas informações, diz, o que será, o fato é que pagam bem por hora, que é bem melhor do que apenas reciclar. E quem comanda isso?, pergunta Van Dycke intrigado. Não sei muito bem, mente Llorente – será que devia ter contado?, pensa –, são uns caras que fazem cartazes, mas não sei se o negócio é deles ou se trabalham para outros, mas acho que não vou mais voltar, quando contrataram Dante "Pirado" e sua turma de Lovaina eu disse a eles que ia embora, então tenho que procurar outro trampo. Essas lixeiras que o senhor diz que vão colocar nas ruas, como são?

O holandês terminou sua cerveja e fica de pé. Inclina-se até a bebida de Llorente para ver se ele já terminou. Serve o resto e sai em busca de mais duas garrafas. São contêineres gigantescos, diz com uma voz forte da cozinha, vão ficar debaixo da terra. É o melhor lugar para colocar o lixo, continua, agora com as novas cervejas na mão. Llorente não fala nada, apenas o observa em silêncio. Os primeiros serão instalados nesta área, explica Van Dycke, por estas ruas – e aponta para a janela –, mas já não sei se eles vão cumprir os acordos. Tudo tem sido problema desde que cheguei a esta cidade, confessa a Llorente em tom de cumplicidade, eles me trouxeram para implantar este sistema em todo o distrito, mas agora parecem que não querem mais, todo mundo aqui se aflige por nada, sabia? Está me entendendo? Llorente faz que sim com a cabeça, mas não chega a compreender a fundo a que ele está se referindo. Espero que o primeiro grupo de contêineres se concretize, continua Van Dycke enquanto se senta ao lado do reciclador, são várias etapas, mas espero que pelo menos se consiga fazer a primeira – olha-o, aproxima seu rosto do dele –, as marcas das pancadas ainda não foram embora totalmente, diz a ele, tocando sua sobrancelha, aproximando-se mais dele. Llorente fica tenso, retira o corpo e revida a afirmação de Van Dycke: estou bem, responde-lhe com um gesto abrupto, meu olho é assim mesmo, diz só para dizer alguma coisa, acho que já devo ir embora, o senhor sabe que eu moro longe. Eu sei, eu sei, esclarece o holandês. Mas pelo menos vamos terminar a cerveja, diz relaxado, sorridente e animado, fale-me um pouco mais sobre sua filha e vamos acabar estas cervejas que são tão boas.

Ouça, Keylinha, diga-me, diz o senhor Amenábar sentado na sala de jantar de seu apartamento – durante a semana ele vem almoçar em casa. Come sozinho enquanto examina uns papéis. Está sempre trabalhando, embora tenha dinheiro de sobra –, o que você faz com o lixo da casa? Eu entrego ao porteiro, diz a mulher depois de hesitar se deve mentir ou não, e ele joga depois pelo duto. E por que você mesma não joga, se fica a quatro metros da porta?, pergunta Amenábar, concentrado em seus papéis. É que eles não querem que o lixo se rasgue quando cai, o porteiro... O porteiro, Keylinha – interrompe-a, encara-a diretamente no rosto –, é um grandíssimo sem-vergonha, você sabia? – retorna a seus documentos –, um descarado que quer nosso lixo para vender aos recicladores, sabia disso? A mulher, com expressão de pânico, mexe a cabeça de um lado para o outro sem dizer uma palavra. Bem, prossegue Amenábar, não vou lhe explicar por que os recicladores querem comprar nosso lixo, só lhe digo que, se você não quiser ter o mesmo destino do seu amiguinho porteiro, como ele se chama, Ulises, é isso?, que já está procurando emprego neste momento, então você mesma é quem vai colocar o lixo pelo duto com suas próprias mãos, está claro, Keylinha?

Alô?, atende a ligação Giácomo, quem fala? Giácomo!, Giacominho, você está falando com seu tio Pepe, diz uma voz impostada, a ponta fumegante de um vulcão ativo... Perdão, quem? Que tio, diga? Seu tio Pepe, magro, companheiro de colégio de seu velho, camarada de Federico desde a infância, não se lembra? Na verdade não, tio, mas o que é, conte para mim. Fiquei sabendo de seu novo negócio de reciclagem, sobrinho, quanta genialidade, hein?, que iniciativa, você se saiu um crânio, como seu velho. Obrigado, tio, está dizendo que conhece meu velho do colégio? Do La Salle, pois é, filhinho, claro, eu carreguei você de fraldas;

mas, bem, veja só, o que eu quero agora é lhe dizer que estou interessado em sua informação. É mesmo, tio, em que você trabalha? Eu faço de tudo, sobrinho, compro e vendo de tudo. Ah, é? Pois teríamos que nos encontrar, tio. Sim, você não sabe o quanto estou interessado, eu lhe faria uma encomenda agora mesmo, se o seu negócio não fosse ilegal. Ilegal? Do que você está falando? O que eu faço é perfeitamente lícito, é pesquisa. Ah, sobrinho, em que mundo você vive? Você não sabe que aqui a legalidade depende de com quem você se relaciona? Na minha empresa tudo é lícito, tio... Eu sei, eu sei, você recolhe lixo e isso não é um crime, mas o que você acha que vão pensar todos esse compadres cujo lixo você confere para depois vender as informações?, acha que eles estão contentes, ou acha que eles se incomodariam um pouco de saber que alguém faz grana com seus detritos? Acho que você está confundindo, tio, as coisas não são assim como você pensa. Não interessa o que eu estou pensando, garoto, interessa o que eu sei, e eu sei que estas pessoas podem se aborrecer, fechar o seu negócio por não ter licença de funcionamento, meter uma denúncia penal por causa dos impostos que você está devendo, ou você já colocou em dia os impostos atrasados, garotão? Sabia que contratar funcionários de maneira informal também é crime, e ainda mais se alguns desses fulanos são ex-presidiários? Não estou entendendo, não sei quem é o senhor, estudou com meu velho, mas eu não o conheço. Não se aflija, sobrinho, como é que você não sabe quem sou eu? Já lhe disse quem sou, conheço a sua família desde que seu avô chegou da Itália e não tinham nem o que comer, não vai agora dizer que não me conhece só porque não gosta do que eu estou lhe dizendo, não é? Já lhe disse que sou um admirador do seu trabalho, que quero comprar seus bancos de dados porque eles me interessam, mas não posso. Não posso, pois é, porque eu sou um dos babacas cujo lixo você anda fuçando, está vendo? Por isso só posso telefonar para você e lhe dizer carinhosamente para deixar de meter o nariz no excremento dos outros, sobrinho, está certo? Está me acompanhando? Sobrinhozinho? Alô?

Giácomo colocou o fone virado na mesa. Não o colocou no gancho, mas neutralizou o tio para escutar os toques violentos e repetitivos da campainha e da porta. Fica de pé, aproxima-se cautelosamente da beira da janela: dois meganhas, um policial e um agente da divisão de impostos. Todos ao mesmo tempo, pensa Giácomo, que filhos da puta! Desce até o galpão. Dante "Pirado", sozinho, está terminando de organizar os últimos baldes de lixo. O que vamos fazer, abro a porta para eles?, pergunta a Giácomo assustado, parece que é a polícia. Já vai!, grita ele, para retardar o desastre iminente. Não, ainda não, sussurra para o reciclador. Um momento!, torna a gritar. Giácomo se aproxima de Dante "Pirado", os dois se encaram, mas seus sentidos estão ligados no próximo toque da campainha, na próxima batida na porta que vai se tornando mais forte. Você já esteve preso, Dante?, tem alguma denúncia contra você por roubo?, pergunta a ele, sem o encarar, pergunta observando as lixeiras vazias, as cheias, o balcão de alumínio onde examinam a porcaria mais exclusiva do país. Não, chefe, não tenho nada, estive em cana há anos, mas agora estou limpo, não tenho nada contra mim. A campainha volta a estrilar, é esse safado do Príncipe, com certeza, que me dedurou, que disse que a polícia está na minha captura, mas não é verdade, chefe, eles lhe contaram uma mentira...

Vou abrir, sussurra-lhe Giácomo sem se alterar, você vai dizer que não trabalha aqui, está bem?, vai dizer que mal me conhece e que apenas vem trazer o lixo da rua para reciclarmos. Para todos os efeitos, somos uma ONG ambientalista que recicla o lixo para fazer cartazes artísticos, ficou claro? A porta volta a tocar, agora se percebe a luz azul intermitente das unidades da Guarda Municipal que transformam a rua inteira numa discoteca em neon. Claríssimo, chefe, eu nem o conheço, é isso, apenas colaboro trazendo-lhe o lixo... Aquele sacana do Príncipe nos dedurou, eu sei que ele conhece os meganhas, tenho certeza de que quando você o dispensou ele nos dedurou, só de raiva. Ninguém me dedurou, Dante, fique calmo, aqui não há nada de ilegal, nada a esconder, vou abrir a porta e você cala a boca, entendido?

Giácomo se aproxima da porta, ajeita o capacho e pega a maçaneta para girá-la. Chefe, diz Dante "Pirado" por fim, do outro lado da sala num sussurro desesperado. O que está acontecendo?, pergunta Giácomo perdendo a paciência, não escondendo sua chateação. É melhor não abrir, chefe, implora Dante "Pirado" inclinando a cabeça, franzindo o rosto: posso me esconder no banheiro, no banheiro lá de cima?

Quando Llorente toca a campainha do apartamento de Van Dycke o porteiro lhe responde pelo interfone: o holandês já não mora aqui, diz-lhe, voltou para seu país há apenas algumas horas. Llorente fica mudo e sente um raio frio percorrer seu corpo por dentro. Ia encontrá-lo para lhe pedir que lhe conseguisse um trabalhinho na prefeitura, talvez ele pudesse conseguir para ele alguma coisa fixa, agora que o sistema de contêineres começava a eliminar a reciclagem de rua e que o negócio com Giácomo tinha acabado. Mas além disso queria cumprimentá-lo, conversar um pouquinho, desfrutar daquela semente de amizade que tinha caído do céu. Na última vez em que o viu, assim como em todas as anteriores, foi naquele apartamento. Ele estava fazendo reciclagem e ouviu um assovio: pedia que ele subisse, para beberem alguma coisa. Nesse dia tinha pensado em lhe pedir trabalho, mas no final não se atreveu. Van Dycke sabia que era o último dia de sacolas na rua, que na manhã seguinte iriam instalar os contêineres subterrâneos e ele não voltaria a ver Llorente, pelo menos não reciclando. Apontou um pequeno quadrinho que emoldurava o desenho que sua filha tinha pintado para ele. Van Dycke lhe serviu uma genebra com água tônica que Llorente bebeu como se fosse água. Seu trabalho é heroico, tinha dito a ele o holandês, quer dizer, o de vocês recicladores. Contou-lhe então que em todos os países desenvolvidos a reciclagem era uma tarefa primordial, uma política de Estado. Explicou-lhe que em alguns países, especialmente em algumas áreas, quase tudo era reciclável. Mas aqui, por enquanto, acontecia o contrário: ninguém estava interessado em reciclagem, nem as próprias autoridades. Que prova maior disso do que colocar empecilhos para os recicladores, botá-los para correr sem nenhum pudor em vez de premiá-los? Contou-lhe que na Holanda eles reciclam dois terços do lixo. O outro terço é incinerado para gerar eletricidade e só uma quantidade insignificante ia para aterros sanitários. É um país livre de sumidouros de lixo. Llorente argumentou que não era tanto assim, que aqui eles apoiavam, sim, a reciclagem, mas não os recicladores independentes. Que havia máfias, gangues como a de Dante "Pirado" que trabalhavam com charretes e até com caminhonetes picapes para carregar o lixo, ou inclusive cooperativas de reciclagem: assim é fácil, aí você carrega vidro, metal, de tudo, mas se não for assim fica difícil. Van Dycke esclareceu que os contêineres tinham sido pensados para serem complementados com módulos alternativos de reciclagem, que só o que for irrecuperável deveria ir para o UC, que o resto deveria ter seu próprio espaço, mas não, na municipalidade de Miraflores todos concordavam que o contêiner deveria servir para todo tipo de rejeitos. Ainda não se preocupam com reciclagem, não há esta consciência, tinha lhe dito Van Dycke, isso é coisa para o futuro. Isso e outros entraves, garantiu, querem mudar os preços, variar as dimensões dos contêineres, que têm um tamanho fixo, que encrenca, meu caro, não sei por que estou lhe contando isso, digo apenas que não ficarei muito tempo nesta cidade. Faremos a primeira entrega em Miraflores e depois vamos reprojetar tudo. Não foi uma boa ideia vir para este país.

Llorente tinha ficado olhando para ele. A situação merecia uma resposta de solidariedade, mas o infortúnio do holandês era tão abstrato para ele que ficou mudo. Uma querela trabalhista dessa natureza acabava sendo inapreensível para alguém que precisava ganhar a vida arrancando o lixo das ruas. O melhor era ficar calado, voltar a fixar os olhos na estante de livros. Van Dycke disse a ele que os livros já tinham vindo com o apartamento: parece que aqui mora um funcionário municipal que foi estudar no exterior e aluga sua casa para o município... Você gosta de ler? Llorente se lembra de sua negativa silenciosa daquele dia, apenas um vaivém seco com a cabeça, mas depois se desculpou dizendo que não lia porque não tinha livros, e então o holandês respondeu retirando um exemplar bem fino da estante e entregando a ele: comece com este, sugeriu-lhe, não acredito que o dono da casa vá perceber. Naquele dia Llorente voltaria para casa com um livrinho intitulado *A Morte em Veneza*.

Agora de pé, diante daquele apartamento que lhe deu abrigo, ficou pensando que nunca mais veria Van Dycke e aquilo o deixou deprimido. Lamentou não ter se despedido e ficou perplexo e desorientado em plena rua. Finalmente resolveu caminhar até Ocharán, calculou que seria uma boa hora de ir ao galpão de Zeeman, que ficava a poucas quadras, e cobrar de Giácomo sua última semana de trabalho. Quando chegou lá, encontrou o galpão fechado com um papel de toscas dimensões grudado na porta: *SUNAT – Fechado por infração tributária*. Sem Van Dycke, sem material para reciclar, sem o trabalho do galpão nem um Giácomo a quem cobrar, Miraflores tinha perdido todo o sentido para Llorente.

Caminhou até a Ventiocho de Julio para pegar o microônibus pela última vez, mas no trecho escuro da estreita

Ocharán Llorente foi rodeado por Dante "Pirado" e seu pessoal, apenas a uma quadra do ponto onde meses antes tinha sido moído a pontapés. Desta vez o empurraram para uma casa recuada da calçada e sem iluminação e ali o espancaram enquanto um dos homens embrulhava sua cabeça, na altura da boca, com uma fita adesiva para embalagens, e também deram voltas infinitas com ela nos seus pulsos e tornozelos. Depois, diante da indiferença dos poucos pedestres que passaram pelo local nesses minutos e preferiram evitar o que parecia ser estranho, os homens cobriam a metade de seu tronco com um saco de juta e o carregaram até a esquina de Manco Cápac; depois de forçar sua entrada pela abertura estreita desenhada para sacolas de volume muito menor, fizeram-no descer às entranhas do primeiro contêiner que tinha sido construído nesta cidade.

Enquanto Ruben van Dycke viajava de táxi até o aeroporto, embarcava num avião para seu país e retomava seu trabalho em seus escritórios do norte de Amsterdã, Llorente iria resistir três dias na escuridão e no infortúnio gélido de um contêiner de metal cujo interior ia se enchendo minuto a minuto com sacolas pestilentas que caíam sucessivamente em diferentes horas do dia e iam criando uma nova plataforma amorfa e errática que tomava todo o espaço e subia até as alturas sem permitir a ele, que gritava impotente a cada clarão de luz que sentia brilhar por um segundo antes de perceber a queda de um novo volume que, embora não caíssem sobre por se achar grudado a uma das paredes metálicas, iam comprimindo seu espaço e o oxigênio até asfixiá-lo de inanição, sede, impotência e putrefação.

No quarto dia, quando o braço do caranguejo ergueu o contêiner e abriu as plataformas da base, dezenas de sacolas – algumas arrebentadas – caíram na abertura inclinada do caminhão municipal emaranhadas com o corpo flácido e inerte de um homem que tinha conseguido descobrir o rosto do saco em que o embrulharam, mas não tinha podido se livrar da aderência agressiva de fitas resistentes e invioláveis que o viram desfalecer hora após hora.

Quando os funcionários municipais anunciaram o achado e Van Dycke já tinha alertado à diretoria da empresa como tinha sido difícil sua estadia em Lima, começaram a dizer que o UC tinha sido um "fiasco cruel" e a imprensa marrom chegou a especular que a própria administração municipal tinha feito aquilo com o objetivo de enterrar ali os recicladores do distrito, pressionando as autoridades para que cancelassem o projeto.

Naquelas horas de agonia, Llorente pensou em como sua filha sobreviveria sem ele e delirou muitas vezes que seu amigo Van Dycke – que a essa altura estava tomando genebras no concorrido bairro de Jordaan – estava abrindo a lixeira e sentindo seus gemidos guturais antes de lançar sua sacola de rejeitos. Mas nada disso aconteceu e o príncipe do lixo, na verdade, morreu asfixiado por essa combustão de inovação, assepsia, indiferença e abandono, reunidas e ancoradas no coração do contêiner. Um lixo muito mais desprezível do que aquele que o ajudou a viver durante tantos anos.

A medida das coisas

"O homem é a medida de todas as coisas, daquelas que são enquanto são, das que não são enquanto não são."
Protágoras

J. J. Carillo havia se reinventado diante do mundo quando erigiu uma imagem de si mesmo que tinha pouco a ver com a realidade. Como um clandestino experiente e astuto que inventa um destino nos interstícios dos olhares alheios, tinha conseguido se situar na sincronização dos pontos cegos e fazer com que todos acreditassem que ele era exatamente o que não era. Talvez o mais desconcertante em sua impostura se enraizava no fato de que suas lacunas, para a anacrônica mas ainda poderosa oligarquia de Lima onde ele circulava, eram virtudes complementares e até dispensáveis: conhecimentos, cultura e uma atitude reflexiva. Em compensação, Carillo era alto, louro, boa-pinta, musculoso e acima de tudo milionário. Tinha herdado diversas empresas, entre as quais figuravam laboratórios farmacêuticos e a maior rede de drogarias do Peru, e por conta disso tinha dinheiro para várias gerações.

Desfrutou da educação privilegiada de todo menino rico e soube tirar proveito de tanta fortuna acumulando pós-graduações de rastreamento impossível nos Estados Unidos e na Espanha. Agora, perto dos quarenta, além de ser presidente executivo de suas empresas, era professor universitário, colunista regular do *El Consorcio* e diretor fundador de uma série de entidades inconsistentes de nomes pomposos (Asociación Peruana de Medios de Prensa Libertarios ou Freedom Think Tank), em que só ele conhecia suas verdadeiras finalidades.

Com tudo isso, será que Carillo era o dono do mundo? Ainda não, ou pelo menos não até que conseguisse convencer de que, junto com aquele porte de galã clássico, havia também uma mente ágil e afiada. Trocando em miúdos, precisava demonstrar que era um homem inteligente e culto e não apenas um saco de dinheiro. Em relação ao primeiro aspecto, é verdade que passava ao menos a impressão de certa astúcia; quanto ao segundo, não havia nada a se fazer, já que por cima de sua vasta dose de ignorância ele tinha a ousadia infeliz de ignorar a própria ignorância, o que por um lado duplicava o problema, mas por outro lhe concedia a licença para aspirar ao topo do mundo sem o menor peso de consciência.

Na tarde em que Orlando atendeu ao seu telefonema, sabia de antemão que Carillo iria lhe propor um trabalho de *ghost writer* literário ou de *ghost writer* economista (ou de *ghost* literário-economista, para sermos mais exatos), com o objetivo de que escrevesse um livro – tarefa aliás impossível para alguém como Carillo – a partir de alguns desses vazios mais urgentes exigidos por sua atribulada escalada social. Tinha chegado a ele através de Ramiro, um velho companheiro dos tempos de universidade que agora dava aula de economia numa faculdade. Foi a este último que no início Carrilo propôs ser o *ghost writer* economista de que ele estava precisando. Tinha-o encontrado em algum evento social e bastou conhecer seu ofício para imaginar que era o homem perfeito para o projeto que tinha em mãos: um livro de economia, havia dito a ele, mas não um livro qualquer, entende?, um livro que revolucione a maneira de pensar das pessoas não especializadas no assunto, um produto que possa ser lido por todos e que, por sua linguagem, permita de forma rápida compreender todos os fenômenos importantes desta disciplina. Você acha que isso é possível?, tinha perguntado Ramiro, incrédulo. Claro que é possível, tenho o livro na cabeça do início ao fim, tinha lhe garantido ele, se me sentasse para escrever faria isso muito bem, mas não disponho desse tempo. Por isso estou lhe oferecendo trabalharmos juntos, acrescentou, e fazermos um livro de autoria conjunta em que eu irei revisando os capítulos que você for escrevendo de acordo com meu esquema.

Ramiro o tinha esperado atrás da vidraça de um café de San Isidro. Viu-o chegando num carro de alto luxo que parou no meio da rua e de onde um chofer de terno escuro desceu para abrir a porta para ele e mostrar que, por trás de uns vidros tão opacos quanto sua roupa, havia o filhinho de papai J. J. Carillo, o jovem milionário com camisa de colarinho alto e terno sob medida de estilistas italianos.

– É um projeto demorado? – havia perguntado Ramiro –. Quer dizer, vai me tomar muito tempo, certamente?

– Na pior das hipóteses, um ano – tinha lhe respondido Carillo –. Um ano trabalhando quatro horas por dia. Claro que, quanto ao dinheiro, não tem problema. Além de pagar por hora de trabalho, os direitos autorais do livro serão interessantes.

Depois de dizer a última frase, Carillo se inclinou na direção de Ramiro sem perder a elegância e lhe garantiu num sussurro:

– Este vai ser um livro internacional, posso dizer desde já, primeiro todo o mundo hispânico e depois estou pensando em traduzi-lo para vários idiomas.

Depois que o outro perguntou pela forma e pelos detalhes, Carillo lhe explicou que o objetivo era escolher uns dez ou doze temas centrais de economia e dedicar um capítulo do livro a cada um. O aspecto central é explicar esses temas de uma forma elementar e ao mesmo tempo inovadora, e esse talvez fosse o segredo de seu sucesso comercial.

– Seria alguma coisa assim – havia perguntado Ramiro – como explicar o multiplicador keynesiano com um punhado de sementes cruas?

– O multiplicador keynesiano não existe – tinha respondido Carillo, sem dar mostras de querer discutir sua posição, e depois não falou mais.

Ramiro se sentiu um idiota de ter feito essa pergunta, como se em vez de ter recorrido a um dos temas mais convencionais da macroeconomia tivesse trazido à tona alguma teoria em desuso. Sem conseguir disfarçar sua surpresa, e sentindo que todos os seus conhecimentos eram insignificantes para um sujeito que parecia estar sempre um passo à frente, perguntou quais eram os temas escolhidos para o livro. Carillo lhe mostrou a palma da mão, e com uma careta autoritária e messiânica deixou claro ao outro que não poderia lhe revelar isso tão rápido. Avisou-o, no entanto, de que ele teria que ler uns cem artigos acadêmicos para escrever esse livro. Diante da surpresa de Ramiro, tirou seu iPhone do bolso do paletó e o ligou. Ajustou o contraste de luz e lhe mostrou a tela.

– Aqui estão, veja – e apontou uma lista de pequenos arquivos que ele ia deslizando na tela com toques miúdos e refinados da polpa do polegar.

– Você já leu todos eles? – perguntou-lhe Ramiro, ingênuo.

– Um bom número deles, sem dúvida – tinha dito ele, sem que a mentira fizesse sua voz tremer –. Mas nem todos, é claro, o trabalho não me permite. O que eu quero é justamente que você os leia enquanto formos escrevendo o livro. Esta base de dados é um verdadeiro tesouro, não pense que é possível conseguir estes cem *papers* em qualquer esquina.

– Mas você acha que cem *papers* e a escrita do livro são factíveis em um ano, num ritmo de quatro horas por dia?

– Então, que sejam oito horas por dia. Eu lhe pago por tempo integral, se você quiser. Como estou dizendo, dinheiro não é problema. Leve em conta que não vou lhe pagar pelo serviço, mas por hora, para que você fique tranquilo, para você saber que, se a coisa demorar, vai demorar e pronto.

Ramiro se ajeitou na cadeira. Depois lhe diria, não sem um pouco de vergonha, que não poderia trabalhar em tempo integral. Não podia deixar a universidade onde era professor. Mesmo Carillo lhe oferecendo um pagamento substancial, nesse emprego ele tinha seu sustento de longo prazo, uma fonte certa e duradoura de rendimento que ele não poderia sacrificar por um projeto de um ano. Carillo não se alterou e, pelo contrário – apoiando o queixo sobre uns dedos de pianista –, se ele sugeria alguma alternativa. Foi quando Ramiro propôs que incluíssem Orlando no projeto. Carillo balançou a cabeça para os lados, ressaltando que a ideia de uma autoria tripla não o entusiasmava. Mas acabou perguntando de quem se tratava.

– Orlando é um especialista em economia do desenvolvimento – garantiu-lhe –, é professor universitário e escreveu vários livros sobre esses temas: ele é o homem de que estamos precisando.

– Desenvolvimento, você disse?

– Isso mesmo. E o desenvolvimento é seu tema, senhor Carillo, não é verdade? Sei disso pelos seus artigos.

– Sou a terceira pessoa que mais entende de desenvolvimento econômico no Peru – garantiu Carillo, soberbo e mais imbecil do que nunca.

Não falou que era o que mais entendia, nem que era um dos três que mais entendiam, mas atribuiu a si mesmo a medalha de bronze como se tivesse se submetido a um concurso de conhecimentos. Frases como essas eram uma radiografia de sua portentosa bagunça interior: por um lado, disparava seus delírios de grandeza infundados, enquanto por outro, uma faísca de prudência, ou de insegurança, fazia com que recuasse para a terceira posição em seu pódio imaginário.

– Além disso, Orlando tem uma linha um pouco heterodoxa, como a sua, não é mesmo? Como ele estudou na Alemanha, tende a pensar um pouco diferente dos americanos...

– Heterodoxo, você está dizendo? – perguntou Carillo de um modo que Ramiro não conseguiu decifrar se o que ele ignorava eram as correntes heterodoxas da economia ou o termo em si.

– Pois é, quer dizer...

– Sim, estou entendendo – elevou a voz Carillo –. Formou-se na Alemanha, talvez tenha tido influências da escola austríaca, já que são países próximos, isso me interessa.

– Mais do que isso – garantiu Ramiro –, acho que ele, sim, poderia dispor de tempo integral. E o mais interessante no Orlando é que, além de economista, é escritor. Tem alguns livros publicados sobre temas correlatos à economia. Já ouviu falar de *El Olvidado Cantillon* [O Esquecido Cantillon]? De repente vocês podem até abrir mão de mim, já que estou achando complicado ler os cem artigos.

– Não se precipite – advertiu Carillo, levantando-se da mesa –. Consiga uma reunião com esse Orlando e vamos continuar conversando.

Apertaram as mãos. O filhinho de papai deixou sobre a mesa uma nota que cortou pela raiz qualquer tentativa de Ramiro de pagar seu café. Até o garçom, a distância, fez-lhe uma expressão de agradecimento quando ele estalou os dedos no ar e apontou a nota que estava deixando. Ao sair, como que guiado por telepatia, o chofer o esperava com a porta do carro aberta, treinado para que seu patrão não perdesse nem um segundo de seu tempo.

Orlando acordou antes que o despertador tocasse e o desligou. Lembrou-se, com os olhos fechados, de que tinha programado para as cinco da manhã e se levantou com dificuldade. Procurou ficar de pé com suavidade para não acordar Dani e caminhou às tontas até o banheiro.

Lavou o rosto na pia e depois se dirigiu à escrivaninha. Como o estúdio em que moravam tinha um único ambiente, acendeu o abajur de trabalho e o curvou o máximo possível para concentrar a luz no teclado. Depois retomou o texto que tinha começado a escrever, sabendo que o mais provável era que a universidade onde dava aulas não o publicaria.

Embora tivesse começado meses antes uma pesquisa sobre a vida desordenada e fascinante do economista britânico John Maynard Keynes, rapidamente ele foi mudando de tema e se concentrando naquilo que poderia ser visto como um detalhe aparentemente irrelevante entre dois personagens do ambiente deste autor. A questão não era que o número de biografias existentes sobre Keynes o obrigassem a mudar de tema, nem também que fosse irrisório o que um sul-americano nos antípodas dos países desenvolvidos – e industrializados também para a criação de conhecimento – pudesse dizer sobre Keynes. Não, o que o afastou do britânico foi a sedução despertada por outro tema a que havia chegado por mera casualidade, apenas uma anedota, que ele estava tentando transformar em algo muito maior: o frutífero e até hoje negligenciado intercâmbio intelectual entre o economista italiano Piero Sraffa e o filósofo vienense Ludwig Wittgenstein.

O ambiente social e a vida agitada de Keynes eram por si sós atrativos irresistíveis para qualquer biógrafo: seus casos amorosos com o pintor Duncan Grant, seu casamento com a bailarina russa Lydia Lopokova, sua amizade próxima com Bertrand Russell e o casal Leonard e Virginia Wolf, naquilo que ficou conhecido como o círculo de Bloomsbury. Mas apesar disso, para Orlando, o deslumbrante caldeirão de mentes efervescentes e geniais não estava no barulhento Bloomsbury londrino, mas sim nos claustros de uma universidade, a uns oitenta quilômetros ao norte dessa cidade, erguida às margens do modesto rio Cam. Ali, na cafeteria do Trinity College de Cambridge, reuniam-se na hora do almoço de um dia qualquer, Franck Ramsey, Ludwig Wittgenstein, Piero Sraffa e o próprio Keynes. Incontáveis vezes os quatro haviam discutido sobre tema da atualidade ou sobre alguma publicação recente. Desses tempos e dessas trocas de ideias provêm aquele tema que impressionou mais a Orlando do que o prodigioso Keynes; a influência devastadora que, ao que tudo indica, Sraffa teria exercido sobre a guinada filosófica de Wittgenstein.

Como se sabe, no prólogo às suas *Investigações Filosóficas*, o livro publicado postumamente em 1945 e que corrige em grande parte o que ele havia afirmado em seu *Tractatus Logico Philosophicus* de 1921, Wittgenstein admite ter descoberto erros em seu primeiro livro e reconhece a contribuição de Frank Ramsey neste processo, mas ressalta principalmente que "...*mais até do que com esta crítica, sempre enérgica e segura, tenho uma dívida de gratidão com a crítica que durante anos um professor desta universidade vem fazendo às minhas ideias, o senhor P. Sraffa, de uma forma aguda e incansável. Devo a este incentivo as ideias mais transcendentais deste escrito...*".

O que Sraffa – um professor universitário especializado na história do pensamento econômico – poderia ter feito para influenciar a mente de um dos filósofos mais importantes do século XX em plena Segunda Guerra Mundial? O que seria, para fazê-lo mudar de rumo e corrigir o que tinha dito no único livro que até essa época havia publicado, e que viria a ser o único que publicaria em vida? O que Sraffa entendia de filosofia para estimular o gênio crítico que sempre alegou ser incompreendido universalmente? Havia ali um interessante filão para pesquisa que poucos tinham se interessado em explorar. Ninguém entende Sraffa, porque fez filosofia da economia interpretando os clássicos com ferramentas modernas; por isso, não é abordado nem pelos filósofos – porque eles ignoram a economia moderna – nem pelos economistas modernos – que em geral ignoram tudo sobre filosofia. Já Wittgenstein, por outro lado, ninguém além do próprio Wittgenstein compreende, e os poucos que tentaram se limitam a compreender seu pensamento e a mudança desse pensamento, mas quem iria se interessar em conhecer o motivo dessa mudança? Ainda mais se para isso tiverem que ir procurar em sua biografia e se deparar com um labiríntico Sraffa. E, se ele conseguisse simplificar o pensamento dos dois até fazê-lo chegar a um leitor não especializado para depois explicar seus nexos, não seria interessante mostrar como um professor de economia conseguiu fazer com que um gigante da filosofia universal acabasse se retratando? Talvez o rótulo de "professor de economia" fosse preconceituoso e insuficiente, ou talvez o preconceito estivesse em associar esse rótulo ao economista de gabinete do século XXI, e não ao intelectual ecumênico do século XIX, que deve ter chegado a Cambridge justamente pela vastidão e complexidade de seus conhecimentos.

Um trabalho desse tipo não conseguiria a aprovação imediata do fundo de financiamento editorial da universidade em que dava aulas? Pois é, não necessariamente. Estávamos num país e num meio em que as universidades eram apenas um arremedo lânguido e falido do mundo desenvolvido. Por isso, o fundo editorial só publicava aquilo que se imaginava ser lucrativo, e então era preciso garantir a venda de pelo menos mil exemplares para que aprovassem uma tiragem de dois mil. Era uma empresa, antes de tudo, uma empresa universitária ou uma empresa que por acaso era universitária, umas criaturas jurídicas que tinham proliferado com muito sucesso e pouca vergonha no Peru dos anos 90. Na época, era preciso tirar a etiqueta acadêmica e explorar seu caráter pitoresco. Quer dizer, era preciso fazer um trabalho sério, mas vendê-lo como um trabalho leve, o que é mais comercial. Visto pelos olhos de um estrategista que quer ver seu livro publicado, seria preciso fazer exatamente o contrário do processo seguido pelos trapaceiros que enganam as universidades mais sérias do mundo: em vez de lhe dar umas pinceladas acadêmicas em algo que poderia ser considerado banal, era preciso maquilar o acadêmico de banal. Vender lebre por gato, em vez de gato por lebre, já que nas livrarias peruanas o gato – ou melhor, aquilo que os editores e livreiros acham que é um gato, embora no fundo seja uma lebre, pois certamente nem lerão – vende mais do que a lebre, e as universidades-empresas só trabalham em função das livrarias comerciais.

Ele teria que explicar a história de cada um separadamente. Sraffa sozinho. Wittgenstein sozinho. Depois o intercâmbio, o diálogo peridural que revela a ligação, a dependência unilateral e aparentemente incompreensível. Por fim, a conjectura sobre esse vínculo, a hipótese particular e inédita que possa sugerir uma explicação que só poderá ser entendida graças à simplificação oportuna de cada um deles. Já tinha o projeto, claro, já tinha escrito umas boas páginas dispersas e agora precisava incrustá-las nesta estrutura.

– Que horas são? – interrompeu-o a voz de Daniela.

– Dez para as seis. Continue dormindo, Dani, senão você vai ficar cansada o dia inteiro.

Ela não lhe respondeu e ele tentou retomar seu trabalho, mas não foi possível porque logo ela voltou a interromper.

– Não consigo mais dormir – anunciou a ele enquanto se levantava e andava até o banheiro –. As teclas do seu computador fazem muito barulho.

Orlando parou de escrever. Deitou-se ao lado dela quando ela voltou para a cama e começou a acariciar sua cabeça com dedos que começavam regulares na testa e terminavam descoordenados na nuca. Pediu desculpas, mas não deixou de se justificar dizendo que essa era única hora em que podia escrever. Ela virou o corpo e lhe deu as costas, mas arrastou o corpo alguns centímetros para ficar mais perto dele. Em voz baixa, lembrou a ele que precisavam se mudar para um lugar maior, para um que tivesse pelo menos mais um quarto. Mal acabou de dizer isso, pensou que o fato de estar desempregada a desautorizava a pedir uma coisa dessas e lhe disse isso. Ele quis comentar esse ponto e num tom de voz que mal dava para se perceber, garantiu que logo eles se mudariam, que talvez no fim do ano já tivessem mais dinheiro...

– Hoje não é seu dia de folga? Hoje você não tem a tarde livre? – surpreendeu-o ela num tom que ia aumentando, lembrou-se de que a tinha acordado e ela não gosta disso –. Precisava se levantar às cinco hoje também?

Ele lhe explicou que tinha uma reunião à tarde, que iria conhecer um sujeito que queria fazer um livro de economia, um indivíduo que tinha contatado Ramiro e feito a proposta a ele, mas Ramiro tinha recusado e sugerido o nome dele como alternativa.

– De repente acabam-se as vacas magras, e assim vamos poder nos mudar.

Ela manteve o corpo enroscado na cama e os olhos fechados.

– Isso não está parecendo mais um biscate do que um trabalho de verdade? Um sujeito que quer escrever um livro, por que iria procurar você?, para que corrija a redação?, para checar os dados, talvez?

– Não tenho certeza. Acho que quer fazer um trabalho em parceria, pelo que Ramiro me disse. É um empresário, um desses endinheirados que fazem tudo com muita pompa. O sobrenome dele é Carillo Mayolo. Acho que já li um artigo dele por aí.

Ramiro lhe falou sobre Carillo alguns dias antes. O projeto lhe pareceu grandioso e talvez por isso interessante. Além de uma boa remuneração, havia a coautoria e isso tinha o potencial de se transformar numa carta na manga. Ramiro propôs que escrevessem a três, mas Carillo não gostou da ideia. "Dois" era um bom número, e um (quer dizer, apenas ele) melhor ainda. Foi então que Ramiro se afastou do projeto e o repassou a Orlando. O dinheiro não lhe interessava?, nem a coautoria?, havia perguntado a Ramiro quando viu que ele não estava ligando para o projeto e o repassava a ele tranquilamente. Este lhe explicou que ele não dispunha de tempo suficiente e que portanto devia passar o projeto adiante. Por outro lado, não era um livro cuja autoria lhe interessasse muito – ou até aparecer como autor, mesmo o sendo. Acho que na vida o importante é que as coisas sejam feitas, e não quem as faça, tinha lhe dito: se todos pensassem assim, especialmente os políticos, este mundo seria outro. E mesmo se fosse o grande livro sobre um de meus temas favoritos, garantiu-lhe Ramiro, não ligaria se outro o escrevesse, menos ainda se for um amigo como você. Mas também não era esse o caso, ressaltou, a única coisa interessante no projeto de Carillo era o que ele estava disposto a pagar para que alguém escreve o livro para ele.

— Sério? — perguntou Daniela, espantada, abrindo os olhos lentamente.

— Sim, por quê?

— Eu o conheço — revela enquanto esfrega os olhos e se senta na cama —. Lembra que eu trabalhei na Drogasa?

— Sim...

— Pois ele é o dono.

— Ah, é? E em que ano foi isso?

— Há uns seis anos, ou coisa assim.

— Olha só! E você trabalhou diretamente com ele?

— Mais ou menos. Acontece que a empresa não tinha muitos empregados. Éramos umas quarenta pessoas, no máximo, então mais cedo ou mais tarde eu teria que vê-lo ou tratar de algum assunto com ele.

— E que tal?

Daniela lhe contou que se trata de um garoto rico, desses que não perdem a oportunidade de explorar sua aparência e seu dinheiro com quem aparecer na sua frente. Lembrava-se dele arrogante e ativo – pois estava inventando novos projetos todos os dias –, mas acima de tudo ambicioso. Sugeriu que não era má ideia ficar perto desse senhor e que isso até que poderia ser útil, na medida em que Carillo poderia lhe oferecer um trabalho em alguma de suas empresas.

– Dani, você sabe que eu não trabalho numa empresa, não porque não possa, mas porque não me interessa esse tipo de trabalho. Você sabe que eu prefiro ganhar menos e ir construindo lentamente aquilo que realmente me interessa.

– Mas dá no mesmo, você acaba tendo que fazer coisas de que não gosta, como esta. Por que você não faz um trabalho só, que não lhe agrade mas que remunere melhor?

– Porque um trabalho como este é uma coisa eventual, Dani, não me impede de dar minhas aulas na universidade nem de continuar escrevendo meu livro sobre Wittgenstein.

– Mas se você trabalhasse numa empresa, pode ter certeza de que ganharia tão bem que poderia poupar muito e exatamente isso lhe permitiria depois se dedicar aos seus projetos.

– Não, Dani, não é assim que funciona. Eles precisam ser simultâneos.

– Não precisam ser simultâneos. Você também trabalha numa universidade que não é a que você gostaria, agora vai escrever um livro que não é o que você gostaria, não seria melhor trocar todas essas pequenas doses de coisas que *não gostaria* por um único grande trabalho que *você não gostaria*, para não ter que viver a vida inteira alugado naquilo não *gostaría*-mos?

— A universidade em que eu trabalho é uma farsa, é verdade, é uma universidade-varejo que não faz pesquisas, que trata os estudantes como crianças, que não tem biblioteca, que é dirigida por um Shylock e tudo o mais que você queira dizer, mas você entende que isto não é eterno e que esta será a minha porta de entrada para uma universidade séria, algum dia. Se eu trabalhar numa empresa de medicamentos ou de televisores, nunca vou poder retornar ao mundo acadêmico. Além disso, não é a universidade que faz os professores, mas o contrário.

— Não sou eu que fico questionando essa universidade de comerciantes. É você quem se queixa. É você quem prefere ensinar o que lhe pedem para ensinar e quer escrever sobre o que ninguém quer publicar.

— Isto se chama honestidade intelectual. Eu não consigo escrever sobre aquilo que o mercado determina, como eles querem, mas sobre aquilo que eu considero interessante, importante.

— Isto é teimosia intelectual, Orlando, e não honestidade. Como você pode saber o que é bom ou interessante se os outros não acharem nem bom nem interessante?

– O mercado não pode ser o juiz do meu trabalho.

– Muito bem. Agora me diga: que juiz lhe resta, então? Todos os intelectuais se acham muito *cool* porque pensam que o mercado não deve sujá-los com seu toque, que não deve atingi-los nem contaminá-los. Mas esse mercado é o mundo que os rodeia. Se você não gosta deste mundo, então se mude para Marte. Você ironiza a palavra *mercado*, mas o *mercado* são todos esses outros seres humanos que andam pela rua e se confundem com você. E é você também. Saia para vender pedras, e por mais geniais que sejam suas pedras ninguém vai comprar. As pessoas compram tomates e maçãs porque é o que tem valor para eles, e você deveria compreender que acontece exatamente a mesma coisa com seus livros e seus temas universitários. Uma pessoa é fruto de sua sociedade, do contrário... vá morar numa caverna.

Ficaram em silêncio. Embora não tivesse se convencido de parar de odiar as forças do mercado, Orlando resolveu fugir da contestação. Pediu que ela lhe contasse mais sobre Carillo. Queria saber se era um sujeito com alguma formação intelectual ou simplesmente era um desses empresários endinheirados que só sabem fazer contas. As referências que Daniela lhe tinha dado até o momento o levavam a pensar que não era alguém que quisesse escrever um livro, a não ser um livro sobre novas finanças ou alguma coisa do gênero.

Ela lembrou que no tempo em que trabalhou na Drogasa Carillo lecionava num curso universitário, que era um ultraliberal, mas que tinha também seu lado acadêmico, que havia feito no exterior todo o seu curso e suas pós-graduações. Ela nunca o ouviu onde, mas desconfiava que poderia ter sido nos Estados Unidos.

Os artigos que ele tinha mostrado a Ramiro, até aquele momento, eram bem convencionais: revelavam mais um mercantilista descabelando-se para que não lhe cobrem impostos. Haveria a chance de que fosse um sujeito inteligente?

– Não tenho certeza – esclareceu ela enquanto se preparava para o banho enrolando-se numa toalha e se dirigindo à pequena cozinha do conjugado. Ali ela se serviu de uma xícara de café que segurou com as duas mãos –. Escutei certa vez que tinha sido expulso do colégio. Não sei se por mau comportamento ou baixo desempenho, mas foi por isso que seu pai o enviou ao exterior para concluir o curso secundário.

– Ah, é?, e quem lhe contou isso?

– Acho que foi a Lúcia, que o conhecia pelo avesso e pelo direito. Era bastante dura com ele. Sempre que eu lhe fazia um comentário positivo, ela me respondia: "Não se iluda que isso é só aparência", e o jogava para baixo.

– Por quê?

– Acho que porque ela conhecia realmente a história dele, ou talvez por despeito. Acho que teve um caso com ele.

– Interessante. Então nosso camarada terminou o secundário lá fora? E depois?

– Depois estudou lá fora também, mas um curso um pouco estranho, uma coisa experimental.

– Um economista experimental? Nada mal, esse ramo está na moda, hoje em dia.

– Acho que está mais para um experimento de economista do que para um economista experimental – disse ela sorrindo –. Uma vez ele me contou que tinha feito um curso de Economia sem ter tido nenhuma cadeira de Matemática.

– Sério? Ele disse isso? De repente o sujeito estudou Direito e nunca soube disso.

Ela sorriu e deixou sobre a pia do banheiro a xícara de café que ainda não tinha terminado.

– Vou tomar uma ducha. Hoje tenho duas entrevistas de emprego e quero começar o dia bem desperta.

Orlando continuou observando-a até que ela estava prestes a entrar no banheiro.

– Dani, e se pedirmos a ele um trabalho para você?

Ela se virou e ficou encarando-o.

— Você nem sequer o conhece e já quer lhe pedir um trabalho para mim?

— Bem, é você quem quer trabalhar numa empresa e ele tem empresas. Se o negócio do livro for bem e eu ganhar a confiança dele, posso pedir isso em algum momento. E, se além disso ele já conhece você, não acho que seja muito difícil. Por acaso todo mundo não precisa de pessoas para recursos humanos?

— Sei lá, prefiro procurar por meus próprios meios. Agora vou mesmo tomar banho.

— Não, não, é muito cedo. Venha aqui e me conte mais sobre esse Carillo que isto está ficando interessante. O que mais você sabe?

— Mais nada.

— Fez seu curso nos Estados Unidos, tornou-se um economista sem números, e depois? Um personagem desses, não podemos deixar sem um final.

— Dizem que depois voltou ao Peru e começou a dirigir a Drogasa, que é a maior empresa da família. Tornou-se o gerente-geral, mas em menos de um ano quase a levou à falência.

— Pudera, se seu curso não lidava com números...

— Então o papai o demitiu. Assim, sem consideração. Dizem que o mandou à merda e o ameaçou: "A partir de hoje você não é mais o gerente desta empresa, e de castigo vou lhe dar uma pensão miserável de dez mil dólares por mês para você viver como um mendigo" – concluiu e os dois riram.

– E o que ele fez depois? Como se virou?

– Foi morar em Barcelona. Alugou um apartamento no modesto bairro de Sarriá e resolveu continuar estudando ali com sua pobre mesada.

– Economia sem números também, ou lá ele estudou a outra metade que tinha realmente números?

– Continuou na mesma linha, mas veio entusiasmado com o que tinha lido e aprendido. Depois se dedicou a dar aulas em diferentes universidades e a criar uma instituição atrás da outra.

– Que tipo de instituições? – encara-a, intrigado.

– De todo tipo. Ele as chama de *think tanks,* mas acho que é um nome muito pomposo para o que eles fazem. Na verdade, todas são invenções para ele se divertir, ou para que sirvam algum dia como uma plataforma política. Ele, no fim das contas, vive agora da Drogasa e de suas outras empresas. Pelo visto, o pai já não se lembra do que ele fez ou então o perdoou, mas o fato é que ele está de novo envolvido em todas as empresas da família.

– Tentando levá-las à falência?

– Pois olhe que não, pelo visto ele aprendeu a lição e agora está mais esperto do que antes. Contrata gerentes de primeira e ele apenas supervisiona, entra e sai dos escritórios e se intitula presidente executivo.

– Já estou até vendo. Pelo que você me diz, o sujeito poderia perfeitamente querer contratar os serviços de alguém para escrever um livro para ele, não acha?

– Sei lá, você diz isso porque ele não parece ser do tipo que se senta para escrever?

– Sim, mas também porque parece do tipo que subcontrata tudo.

– Não sei não – respondeu ela, finalmente –. Vou tomar banho agora, isso sim.

Orlando se levantou e foi até a geladeira para pegar um copo de suco. Ao percorrer esse pequeno trecho esbarrou com a quina da mesa de centro. Era um vidro grosso e desproporcional para o espaço minúsculo em que moravam. Agachou-se, arrasado com a dor. Depois viu que o tamanho da ferida não correspondia à intensidade do incômodo. Apenas um corte leve por fora, mas uma pesada aflição por dentro. A canela, quando não se quebra, espalha a dor por todos os outros cantos do corpo. Deixou-se arriar no sofá e ficou ali, encolhido como um feto, até que conseguiu se levantar e, mancando, pegar o suco e voltar à sua escrivaninha.

O primeiro a falar sobre a teoria do valor foi o filósofo escocês Adam Smith. Trata-se, na verdade, de uma das pedras fundamentais na história do pensamento econômico, já que é praticamente impossível pensar num processo produtivo sem se perguntar pelo valor intrínseco de um bem. Sabe-se que em *A Riqueza das Nações*, o livro que deu o apito de largada para a economia como disciplina acadêmica, Adam Smith deparou-se logo de cara com a necessidade de responder a esta pergunta. E a resposta mais imediata, a mais visível e a que é a razão de ser da escola clássica foi a de que o valor está no trabalho do homem, quer dizer, na quantidade de mão de obra concentrada na produção ou extração desse bem. Se o assunto tivesse parado por aqui, Smith teria passado à história como o precursor do socialismo, bem diferente de como é lembrado hoje. Mas isto só teria acontecido se os bens tivessem sido sempre produzidos pelas mãos do homem e mais nada. O problema surge quando nos deparamos com os outros dois fatores tradicionais de produção: a terra e o capital. O valor de um bem em cuja produção foram empregados mão de obra, terra e capital não pode recair apenas sobre a mão de obra: alguma coisa tem que ir para os donos desses outros dois fatores. Mas quem são os primeiros donos desses outros dois fatores?, quem está legitimado para se apropriar de algo como a terra, que, por natureza, também pertence a todos?

A teoria do valor, desde seus inícios, vai estar estreitamente ligada à forma como se determina a propriedade privada. Antes de Smith, John Locke tinha afirmado que ela era estabelecida quando o homem entrava em contato com a natureza e tomava para si um pedaço dessa natureza. Então podia garantir que o pedaço de natureza era seu, sempre e quando não privasse outros homens daquilo que ele estava pegando. Esta teoria se sustentaria no tempo? Certamente que não, porque toda vez que um homem se apropria de um pedaço de terra existe outro que já não poderá possuí-lo. Smith não comenta nada sobre este ponto e portanto a discussão fica truncada.

O próximo da fila que enfrentou a teoria do valor foi o inglês David Ricardo: a mão de obra aumenta porque a população aumenta, o capital aumenta porque é o produto dessa mão de obra que nós seres humanos criamos e acumulados – mas e a terra? A terra não aumenta. A terra é fixa. Pior: se os primeiros forem pegando as melhores terras, as piores irão ficar para os que vierem depois, o que gera uma desigualdade que está fadada a crescer a cada dia. Ricardo se concentra nos problemas técnicos, e nunca questiona as formas de apropriação dessas terras. Serão John Stuart Mill e Karl Marx, seus sucessores na análise clássica, os que irão de fato reparar nas formas de apropriação. Para Marx, em particular, o capital, que é trabalho transformado e acumulado, tem um processo de reprodução bastante anômalo: o dono do capital irá acumulando mais e mais, e o trabalhador, além de se alienar, acabará cada vez mais pobre do que o capitalista em termos relativos. Embora para muitos Marx tenha sido apenas um ativista furioso, na verdade ele foi também um acadêmico esmerado que fez a teoria do valor avançar, construindo sobre Mill, Ricardo e Smith seu foco central na mão de obra e nas ameaças que ela sofria no sistema capitalista. Ainda assim, no entanto, e da mesma forma que todos os seus antecessores, deixaria sem resposta um paradoxo ancestral e visceral para a teoria do valor: a impossibilidade de uma escala de cálculo inalterável no tempo. Se o valor de um sapato é calculado em horas de trabalho, como se calcula o valor dessas horas de trabalho a não ser justamente em sapatos?

Neste ponto, pensou em incluir duas teorias alheias à economia que poderiam ser úteis: a primeira tinha a ver com a teoria do cálculo do metro como unidade de medida. Ken Alder estabelece, no livro *A Medida de Todas as Coisas – A Odisseia de Sete Anos e o Erro Escondido que Transformaram o Mundo*, que em 1792 dois astrônomos franceses e suas respectivas comitivas partiram em direções opostas para realizar uma tarefa aparentemente faraônica: medir o planeta Terra, mediriam primeiro o arco que une Dunquerque a Paris e Barcelona, mas o objetivo final era calcular a extensão do metro, que seria a decimilionésima parte da distância entre o Polo Norte e o Equador.

O que Alder não chega a levar em consideração é que no século XXI, por conta do aquecimento global e suas derivações, algumas recomposições morfológicas no interior do planeta poderiam estar modificando suas dimensões, o que faria com que o metro mudasse de tamanho, algo que o impediria de ser a medida de todas as coisas.

O outro exemplo é proveniente das ciências sociais, e derivado do Teorema de Binbarquem. Nele, estabelece-se que, quando um excesso de reconhecimento recai sobre um artista, começa-se a criar uma mudança involuntária nos cânones de valoração de sua comunidade, fazendo com que tudo o que seja bom passe a ser aquilo que mais se aproxime deste novo referencial, e isso, ao longo do tempo, acarreta que as instituições que outorgam os prêmios acabem premiando a si mesmas ao escolherem certos autores cujos nomes elas querem ter em suas listas.

Em todos esses casos a questão era, sem dúvida, uma espécie de maldição refratária em que nada vale nada a não ser em função de outra coisa, e essa outra coisa só tem valor em função de outra e assim sucessivamente.

A impossibilidade permaneceu insolúvel por mais de cinco décadas e só recentemente na segunda metade do século XX, por volta de 1960 – já com as ferramentas matemáticas da análise marginal e as contribuições do positivismo – um homem, utilizando uma matriz criativa tanto na forma quanto no conteúdo, resolveu o paradoxo dos espelhos infinitos com um livro intitulado *Production of Commodities by Means of Commodities*. Alguma coisa como *Produção de Mercadorias por Meio de Mercadorias*. Seu autor era um economista italiano exilado em Cambridge que atendia pelo nome de Piero Sraffa.

Orlando atravessou a Javier Prado muito longe da faixa para pedestres. Fazia isso quando estava com o prazo apertado, o que acontecia quase sempre. Ia pensando em como dar forma ao capítulo sobre Sraffa enquanto olhava para o relógio. Cruzar essa avenida no local indevido era um risco de vida, e ele sabia disso: um, dois, parar na faixa branca, um carro à frente, três, quatro, até chegar ao meio-fio central. Se Daniela soubesse o que ele estava fazendo, diria que é um irresponsável, que deixa tudo para a última hora, despreocupado com o futuro, com os que o rodeiam e com a própria vida. O peso na consciência durava até que atravessasse a avenida. Depois ele voltava à realidade: já estava no coração de San Isidro, em dez minutos deveria se encontrar com Carillo.

Foi recebido por sua secretária num dos andares mais altos da torre de vidro anônima e superlotada de sinais interiores de riqueza. Empregou os primeiros cinco minutos de espera no reconhecimento do terreno, bisbilhotando com os olhos. Perguntou-se pela autoria dos quadros abstratos pendurados nas paredes, pelo material da escultura que dividia o ambiente: um busto modelado com cinzel bruto, seria do avô ou do bisavô de Carillo? Por que os ricos sempre querem imortalizar o patriarca de sua fortuna? Só por gratidão ou existe mais alguma coisa?

Quando seus pensamentos começaram a se destinar à decoração da salinha, a secretária o convidou a entrar. Carillo o esperava vestindo um terno escuro recém-saído da loja. Sua mesa de trabalho tinha a forma de um rim e era feita de um vidro com duas polegadas de espessura.

– Pode entrar, sente-se – disse com autoridade e acrescentou com firmeza –. Não quero tomar seu tempo, por isso vou direto ao que interessa.

Era ele quem não queria perder tempo, claro, mas a objetividade também interessava a Orlando. Começou lhe falando de Ramiro e do livro que queria escrever.

– Ele já deve ter lhe contado, certo? Bem, então vou lhe resumir rapidamente a ideia, o que eu gostaria de colocar em cada capítulo.

Carillo começou a lhe dar explicações instalado em sua cadeira de couro, cujo espaldar alto era o emblema do executivo pós-moderno. Depois se levantou e, olhando a cidade, vagando de colina em colina como quem busca inspiração com o poder das alturas, revelou-lhe o esqueleto do projeto. Não seria um livro de história, mas muito menos um de economia moderna ou teoria econômica. Seria um livro que escolheria temas recorrentes do cotidiano econômico para depois capturá-los pelo anarquismo mais rasteiro e assim transformá-los num panfleto de economia ultraliberal que ele chamava de "libertária", onde cada capítulo, tal como Carillo ia explicando, eram simplificados na sonoridade de um refrão pseudointelectual. Orlando tentou lhe dizer que esse livro já existia, que inclusive havia muitos com temática parecida, mas Carillo tinha uma justificativa para se diferenciar de cada um desses livros que ele não tinha lido. Por fim, Orlando parou de insistir porque raciocinou que se o convencesse ficaria sem o trabalho e Carillo começou a lhe revelar os números do projeto. Um ano em tempo integral; daria uma boa remuneração mensal e depois trinta por cento dos direitos autorais. Orlando concordou sem titubear porque conhecia este tipo de pessoa: primeiro a aceitação e depois as condições, nunca na ordem inversa, nunca começar dando o contra. Conheço os assuntos, garantiu, estudei-os durante muitos anos e acompanho o debate cotidiano: sinto-me em condições de escrever o livro sem problemas. Depois concordou em ler os cem *papers* que Carillo pedia, raciocinando que bastaria ler os resumos ou a introdução para o deixar satisfeito. Finalmente, perguntou-lhe sobre sua estimativa dos direitos autorais. Carillo chutou uma cifra generosa.

– Bem – começou Orlando –, eu proponho que me dê a metade disso, mas adiantado, ou ao longo dos meses de trabalho. Que seja contado como parte do pagamento fixo, e eu renuncio aos direitos autorais. Não tenho aspirações intelectuais, portanto não se preocupe com a coautoria. Prefiro a fama a dinheiro. E sobre o tempo integral, será quase integral, apenas dou aula num curso na universidade. O que acha?

Carillo melhorou sua oferta inicial, mas não aceitou completamente o pedido de Orlando. Negociou e tentou perguntar por que seu desinteresse pelos direitos autorais. Se era professor universitário, como não iria ter pretensões intelectuais? Orlando lhe explicou que dar algumas horas de aula numa universidade empresarial não o tornava um professor universitário e que, em sua situação atual, dava prioridade ao dinheiro e não ao reconhecimento. Por outro lado, o conteúdo do livro não estava em sua linha de interesses (como lhe dizer que não pensava como ele, que sua posição era radicalmente oposta, que para ele era suficiente restringir-se ao papel de *ghost writer* literário, simplesmente?).

Orlando lhe propôs começar com um capítulo de teste. Tinha certeza de que depois ele lhe pediria para continuar com o resto do livro. Fecharam o acordo de forma verbal. Carillo aceitou a proposta porque, no fim das contas, deixava em aberto a possibilidade de cortá-lo se o trabalho não estivesse à altura de suas expectativas. Explicou-lhe que o primeiro capítulo deveria ser o mais "filosófico", e ao dizer a palavra "filosófico" mostrou certo pesar. Orlando lhe disse que não se preocupasse, que intuía o que ele estava querendo e que tinha certeza de que conseguiria fazer isso muito bem. Depois lhe perguntou se tinha conhecimentos de filosofia e Orlando lhe explicou que sim, que se sentia bastante confiante com os cursos que tinha feito na universidade e com o que tinha podido ler ao longo dos anos.

– Porque eu sou doutor em filosofia – garantiu-lhe Carillo, enquanto apontava para um diploma pendurado na parede que o qualificava como *Doctor in Philosophy in Business Management* por alguma universidade espanhola de que ele nunca tinha ouvido falar.

Orlando entendeu que a palavra "filosofia" correspondia ao tipo de grau e não ao conteúdo da especialização, mas evitou comentar isso. Descobriu também, na mesma hora, que este homem que nem sequer sabia em que tinha se graduado não devia ter lido um único livro de filosofia em toda a sua vida. Nada teria descrito Carillo melhor do que esse esclarecimento infeliz.

Orlando saiu da fortaleza de vidro e caminhou de volta até a Javier Prado. Estava tão contente que resolveu caminhar um pouco mais e atravessar pela ponte de pedestres. Melhor evitar um acidente agora que as coisas começaram a entrar nos eixos.

– Vamos poder nos mudar – diria a Daniela, assim que a visse naquela noite –. Agora sim teremos o suficiente para alugar um local com pelo menos um quarto separado. O sujeito me fez uma oferta muito boa, irei produzindo capítulo por capítulo e ele irá me pagando por mês. Tenho certeza de que ele vai gostar do meu trabalho, tenho certeza de que, entre mortos e feridos, poderei prolongar o ano e transformá-lo em um ano e meio, ou até mesmo dois. Avançarei mais lentamente meu livro sobre Sraffa e Wittgenstein, é verdade, o que importa isso, se já não teremos urgência de conseguir o dinheiro para nos mudarmos?

– E depois disso? – argumentaria ela.

– Como e depois disso?, e depois o quê? Depois continuaremos, simples assim, e quando este trabalhinho acabar eu conseguirei outro. As coisas também não podem ser garantidas a vida inteira.

– Continuo achando um absurdo viver de aluguel e agora passar para um aluguel mais caro, quando você poderia sair desta vida...

– Estou fazendo todo o possível para irmos em frente, para estarmos numa melhor. Estou lhe dizendo que com este trabalho vamos nos mudar para um lugar maior, que é o que você queria. Vamos dar um passo de cada vez. Você gostaria que eu trabalhasse num banco para podermos comprar um apartamento, mas isso não vai acontecer. Se você quer isso, procure você, coloque isso como sua meta. Consiga-o você.

– Eu não tenho o seu talento, Orlando. Há quatro meses eu saio todos os dias para procurar emprego e não encontro. E Deus sabe por quanto tempo vou continuar assim. O que eu quero que você entenda é que você desperdiça seu tempo escrevendo livros sobre personagens que ninguém conhece e que portanto não interessam a ninguém, em vez de se dedicar a outros nomes que, além de interessantes para você, sejam também para os outros. Sei que este é um terreno em que não devo me meter, mas às vezes fico pensando que você se sente atraído antes de tudo pelo que está escondido: Cantillon, Wittgenstein... Admita, quanto mais distante é uma coisa, mais ela lhe parece interessante.

– Acho que tudo isto é fruto da sua demora em conseguir emprego. Quando você assentar a cabeça de novo, não vai ficar tão preocupada com o que eu faço ou deixo de fazer.

– Preocupar-se com o que você faz é me preocupar com você. É gostar de você, também.

– Gostar de mim não é me pedir para fazer o que eu não quero.

– O que eu acho que nos daria mais tranquilidade a longo prazo.

– E o que você imagina que nos trará essa tranquilidade?

– Procurar um trabalho mais sério, mais estável.

– Meu trabalho é sério... Mas a estabilidade não é uma coisa que eu possa controlar.

– Você poderia ter, se quisesse.

– Mas a que preço?

– De trabalhar em outra coisa. Mas, enfim, já lhe disse isso muitas vezes. Imagino que este livro de Carillo será, sim, sobre temas de interesse geral. Você poderia começar a desenvolver uma linha mais tradicional e usar esses direitos autorais para escrever os livros de que você gosta.

– Não há direitos autorais, não estou pensando em assinar um livro idiota de economia anarquista em coautoria com um analfabeto que vai entrar apenas com o dinheiro. Troquei os direitos autorais por dinheiro vivo. Serei seu *ghost writer*, e receberei um pouco de dinheiro extra em troca de não participar dos direitos autorais. É melhor, também. De que direitos autorais vamos falar se o livro nem sequer existe?

– Não posso acreditar nisso. Como você pode ser tão ingênuo? Este sujeito é um peso-pesado. Mais cedo ou mais tarde vai ficar famoso, e ter uma participação nos direitos autorais de seu livro era uma ideia excelente. Inclusive você pode assinar um contrato de direitos autorais sem participar da autoria do livro. São duas coisas diferentes. Como você deixou escapar uma coisa assim?

– Bem, Dani, não quero continuar falando sobre esse assunto. Fiz o que achei que era o melhor para nós dois. Terei um trabalho suplementar ao meu que vai nos dar dinheiro para podermos nos mudar. Se fosse por mim, não teria aceitado nenhum outro trabalho e ficaria com todo o tempo do mundo para concluir meu livro, mas acho que nós somos mais importantes do que esse livro e por isso aceitei.

– Perdoe-me por ser assim. Estou muito angustiada por não conseguir emprego em todo esse tempo. Sei que às vezes perco a linha e despejo em cima de você toda a minha frustração. Estou achando que vai demorar muito tempo até eu conseguir alguma coisa.

– Você não pode perder a paciência. Isso só complica as coisas.

– A Úrsula me propôs abrirmos uma empresa. Eu gostaria muito de fazer isso, esquecer de ficar batendo de porta em porta e ter alguma coisa minha. Uma empresa que preste serviços de Recursos Humanos. Ela me disse que poderíamos começar com os clientes do pai dela, mas para isso vai ser preciso dinheiro do mesmo jeito. Vamos precisar alugar um escritório, estarmos bem instaladas e funcionar alguns meses no vermelho. Conversamos longamente e teria que colocar pelo menos uns dez mil dólares. Mas, enfim, para isso eu preciso trabalhar para alguém que me pague o suficiente para eu poder poupar... Como é a vida, não é mesmo? Os círculos ou são virtuosos ou são viciosos.

Ficaram em silêncio. Depois cada um se deitou como se cada lado da cama fosse uma galáxia solitária.

Carillo ficou satisfeito com o rascunho do primeiro capítulo. Leu-o, ou fingiu que leu, ou fez com que o resumissem para ele e o lessem resumido, mas no fim das contas deu o sinal verde para Orlando continuar com o livro. Em poucos meses, Carillo começou a publicar comunas de opinião no *El Consorcio* sobre temas relacionados aos capítulos do livro: estava preparando a plataforma para seu futuro lançamento editorial. Orlando demorava dois meses para acabar um capítulo e fazia isso sem maiores esforços, até sentia certo deleite quando imaginava a mente do libertário subdesenvolvido que fala e se entusiasma defendendo o mundo a partir dessas verdades. Por outro lado, em suas horas livres ia avançando no livro sobre Sraffa e Wittgenstein. Ao contrário do anterior, neste sim ele podia despejar tudo aquilo em que acreditava.

Em poucos meses ele viu Carillo decolar na esfera profissional de um modo surpreendente. De professor de economia austríaca numa universidade de segunda linha, passou a professor de finanças no mestrado de uma universidade respeitável. Como podia ensinar finanças se não tinha feito nenhuma cadeira de Matemática? Dizem que tinha um assistente que se encarregava dos cálculos. O mais surpreendente, no entanto, foi um programa de televisão que começou de forma inesperada num dos canais de sinal aberto associados ao *El Consorcio*. Empinado e artificial, como sempre, fazia perguntas sobre conjuntura econômica a personagens sem muita relevância, mas rigorosamente escolhidos para que ele pudesse brilhar. Seus artigos jornalísticos foram melhorando e ele parou de usar os latinismos cafonas e lamentáveis e de começar os parágrafos com *"ergo"* ou "sem embargo", embora restasse a suspeita, certamente, de que teria contratado um editor particular que corrigisse seus erros. Falso ou verdadeiro, o mais impressionante foi que em outro salto quântico ele se impôs como diretor de um dos jornais de maior tiragem do *El Consorcio*, um que oscilava entre o jornal popular que substitui os artigos por vinhetas e pílulas, e o jornal de preço barato que procura uma linguagem articulada para atingir as classes médias. Como um sujeito que nunca tinha tido nenhum flerte com o jornalismo conseguiu atingir um cargo tão alto? Havia a conjectura difundida de que seus vínculos sociais e familiares eram incontestáveis e que eles tinham lhe permitido chegar às esferas mais altas do *El Consorcio*. Daí, depois de uma partida de polo ou um jantar nos restaurantes do Club Nacional, Carillo conquistou a confiança necessária para ser entrevistado pela diretoria da empresa e lhes apresentar uma estratégia que nenhum outro candidato a diretor jornalístico empregou: falar de números. Vou duplicar suas vendas em cinco anos, prometeu a eles. Essa foi sua oferta. Apresentou cifras, prognósticos, *ratios*, pesquisas.

Comportou-se como um diretor comercial com estrada, para obter o cargo de diretor jornalístico, e conseguiu.

Na ocasião em que Orlando foi lhe entregar o último capítulo do livro, já tinha se passado mais de um ano desde que se conheceram, e Carillo, agora transformado num homem muito mais poderoso e ocupado do que já era, não tinha tempo para o receber. Eram seus assistentes quem o atendiam, aprovavam seu trabalho e lhe pagavam. Embora ele tenha insistido que gostaria de vê-lo naquela última vez – é só para me despedir, pediu a eles –, Carillo instruiu seus emissários para se desculpassem por ele e lhe explicaram, com um histrionismo sentido, que o doutor Carillo tinha uma agenda cheia e inalterável. Tudo indicava que naquele momento o homem já estava se preparando para encarar o último degrau da escada de suas ambições gigantescas: começar uma carreira política que o levasse à Presidência da República.

Alguns meses depois, no entanto, um dos assistentes de Carillo mandou chamá-lo. Tinha se inteirado de que ele estava terminando um livro e queria conversar com ele. Embora Orlando tenha se surpreendido por eles saberem o que ele fazia em seu tempo livre, ficou ainda mais surpreso que o emissário pronunciasse as palavras Sraffa e Wittgenstein. Mas nada o deixou mais desconcertado do que a proposta que iria ouvir.

Segundo Ray Monk, um dos biógrafos de Wittgenstein, em seu *Tractatus*, o filósofo tinha olhado a linguagem de forma isolada e com as circunstâncias em que ela é usada. Foi muitos anos depois, e justamente graças à influência de Sraffa, que Wittgenstein cogitou dar uma visão mais "antropológica" às suas investigações. Acredita-se que tenha demorado muitos anos para se corrigir e se emendar, pois sabe que os primeiros questionamentos que recebeu de Sraffa ocorreram durante os primeiros anos de sua permanência em Cambridge. Os dois se conheceram em 1929 graças a Keynes, e já nessa época devem ter tido intercâmbios filosóficos intensos. Depois Sraffa ficaria ausente durante uma década e retornaria a Cambridge em 1939, onde rapidamente Wittgenstein voltaria a solicitar sua atenção. Agora, e durante muitos anos, Sraffa o instigaria várias vezes a respeito de suas ideias no *Tractatus*, até fazê-lo se retratar. Ou talvez, pelo contrário, Sraffa o teria questionado só algumas vezes, mas de uma forma tão mortal e acertada, que ele acabaria ficando confuso.

Segundo o historiador Norman Malcolm, uma dessas espetadelas foi muito mais ligeira do que se poderia imaginar: os dois viajavam num trem e Wittgenstein insistia que uma preposição e aquilo que essa preposição descreve devem ter a mesma "forma lógica" e a mesma "multiplicidade lógica". Sraffa fez um gesto típico dos napolitanos que significa repulsa ou desdém: na parte inferior de seu queixo, varreu para fora – como uma pincelada – o dorso de sua mão direita.

– Qual é a forma lógica disto? – perguntou-lhe.

Aquilo seria suficiente para desencadear em Wittgenstein a suspeita de que sua ideia de unidade tinha sérias deficiências. Tudo parecia indicar que, nos outros espaços íntimos que os dois compartilhavam, em cafés, na universidade, em tertúlias intelectuais, Sraffa o faria ver o que tinha sido uma de suas maiores contribuições para a economia no campo da teoria do valor: medir o que quer que fosse em função de uma métrica relativa que estava, por sua vez, associada ao objeto de medição. Ele, no fim das contas, tinha solucionado essa circularidade argumentativa em seu trabalho com matrizes e, embora fosse no mundo abstrato dos vetores estatísticos, tinha confrontado a suposta impossibilidade de haver uma unidade de medida universal.

Wittgenstein não prestaria muita atenção nele, ou não deixaria ver naquela hora o efeito que as conversas com Sraffa tinham lhe causado. O assunto demoraria a se consolidar, mas lentamente iria calando fundo em seu interior. Durante o processo, no entanto, Wittgenstein era um argumentador incansável que lutava em descanso como um peixe apanhado numa rede, o que deixava Sraffa esgotado a tal ponto que um belo dia resolveu interromper suas reuniões com ele:

– Já não posso dedicar mais tempo e atenção aos assuntos que você quer discutir – anunciou-lhe Sraffa.

Monk conta que Wittgenstein, surpreso, ofereceu-se para mudar de tema, evitar a discussão filosófica, mas lhe pediu para não interromper as tertúlias semanais que costumavam ter:

– Falarei sobre qualquer outra coisa – sugeriu Wittgenstein.

– Sim, mas sempre será do seu jeito – respondeu Sraffa.

Em pouco tempo, Wittgenstein, despeitado, enviou uma carta a Sraffa com uma lista detalhada e analítica dos motivos pelos quais tinha resolvido que nunca mais deveriam se falar. O que ele disse deve ter sido contrabalançado com o agradecimento e o crédito que Wittgenstein lhe dedica no início de suas *Investigações Filosóficas*.

Orlando chegou em casa à noite. Daniela lia na cama. Cumprimentaram-se como de costume, embora ele demonstrasse uma felicidade incontrolável. Perguntaram um ao outro o que tinham feito durante o dia e deram respostas vagas. Depois ele que propôs que abrissem um vinho. Jantaram. Conservaram sobre coisas que os aproximavam. Em determinado momento, Orlando fez um comentário sobre como o conceito de propriedade tinha mudado através dos séculos, sobre como ele continuaria mudando e sobre como a maioria de conflitos na história derivava de concepções antagônicas sobre o que ela era, no fim das contas. Ela o ouviu, mas se sentiu incapaz de dar uma opinião. Depois Orlando colocou um cheque em cima da mesa. Ajeitou-o com os dedos para que ela pudesse lê-lo de frente.

– Aqui está sua empresa – disse a ela. Você já não vai precisar trabalhar para ninguém se quiser começar esse projeto. É este o montante que você mencionou, não é? Para começar sua sociedade com a Úrsula...

Daniela ficou muda. Sua expressão se manteve congelada com as sobrancelhas erguidas e imóveis, a boca entreaberta, interrogativa.

– De onde...?

– Não matei ninguém, não precisa ficar assustada.

– Tudo bem, mas de onde...?

– Já não vou publicar meu livro sobre Sraffa e Wittgenstein.

– Por quê?

– Porque alguém fará isso por mim. O livro já não é meu.

– Por que você fez isso?

– O livro continua existindo do mesmo jeito, será publicado do mesmo jeito e poderá ser lido. É isso o que importa, não é?, que as coisas sejam realizadas, que você possa começar seu projeto e eu possa estar a seu lado. Isso, e que estamos juntos, hoje, neste lugar ou em qualquer outro. O resto...

Orlando ergueu o rosto, abriu o horizonte com o olhar, encheu de ar os pulmões e, com a mão na parte de baixo do queixo, varreu com o dorso dos dedos para fora, simulando a pincelada veloz e severa de um risonho e despreocupado italiano do sul.

– O resto importa pouco.

Posfácio

A História de Peté[*]

Mario Vargas Llosa

AQUELA APOSTA INSENSATA DE MEU PRIMO-IRMÃO PEDRO LLOSA VÉLEZ PELA LITERATURA, E QUE DEVE TER DADO TANTAS PREOCUPAÇÕES A SEUS PAIS, ESTAVA JUSTIFICADA

Fiquei muito intrigado quando Peté (que na verdade se chama Pedro Llosa Vélez) pediu para se encontrar comigo, explicando-me que tinha uma certa urgência. Era meu primo-irmão, mas pela diferença de idade – sou quase quarenta anos mais velho do que ele – tinha me acostumado a pensar nele como um sobrinho. A família Llosa estava muito orgulhosa de Peté, que desde criança dava mostras de ser um geniozinho. Tinha feito uma carreira brilhante num dos melhores colégios de Lima, o britânico Markham, e depois, graças às suas excelentes notas, obteve uma bolsa numa das universidades mais exclusivas para fazer o

[*] Publicado originalmente no jornal *El País*, em 11 de março de 2018.

curso da moda: economia, é claro. Formou-se com louvor e foi contratado imediatamente por um banco. Ninguém podia duvidar: um futuro dourado estava se abrindo para ele. Para que ele queria se encontrar comigo?

Conversamos em meu escritório, no bairro de Barranco, naquela hora em que o sol mergulha no mar e este se incendeia lá longe, no horizonte. As coisas que Peté me confessou me deixaram encantado e ao mesmo tempo surpreso. Ele tinha se enganado de profissão: não queria ser, dali a dez ou quinze anos, uma pessoa como seu chefe no banco e, como ainda era jovem, estava em tempo de dar uma guinada completa na vida e seguir, agora sim, sua verdadeira vocação. "E qual é?", eu lhe perguntei, apavorado. A literatura, claro! Fiquei pensando que seus pais e talvez a família inteira iriam pensar que a culpa era minha, que eu tinha enfiado na cabeça de Peté uma estupidez daquelas, que eu seria o culpado por estar frustrando a última chance de um parente se tornar milionário.

Juro que fiz o que pude para impedir aquela catástrofe, imitando os monges zen-budistas que, quando um aspirante a noviço bate na porta de seu mosteiro, não só tratam de o desaconselhar como tentam abrir sua cabeça. Garanti a Peté que escrever era um prazer, claro que sim, sem a menor dúvida, mas nada alimentício, que nem ao menos um por cento dos escritores do mundo vivem de sua pena, que precisam procurar trabalhinhos mais nutritivos, geralmente mal remunerados, que roubam deles o tempo precioso que gostariam de dedicar a escrever seus livros – e que em muitos, muitíssimos casos, todos aqueles sacrifícios não serviam para grande coisa, porque suas obras não eram reconhecidas, nem sequer chegavam a ter leitores, porque não valiam muito ou, quando valiam, só eram reconhecidas postumamente, quando o escritor frustrado já tinha sido devorado pelos vermes.

Mas Peté, na verdade, não estava procurando conselhos, e sim uma testemunha para aquela decisão temerária e audaciosa, que ele pôs em prática logo em seguida. Desistiu do banco, conseguiu uma vaga de professor num colégio e se matriculou na Universidad de San Marcos, no curso de Letras. Por causa das viagens, parei de vê-lo durante um bom tempo e, de repente, uns dois ou três anos depois, comecei a me deparar com textos dele em revistas literárias: prosas, pequenos contos, experimentações, que eram mais sinais de uma procura do que realizações. Até que, de repente, ele fez chegar às minhas mãos uma pequena coletânea de contos – acho que era a primeira que estava publicando – e um daqueles textos me comoveu muito. Era inspirado em seu pai, meu tio Pedro, um médico que, se bem me lembro, tinha morrido fazia pouco tempo. Era uma evocação muito pessoal, escrita com elegância e perspicácia, que conseguia uma coisa que não é fácil na literatura, onde os maus são geralmente os personagens mais interessantes e atraentes e os bons, em compensação, parecem sempre (como *Monsieur* Bovary ou os anônimos e desnorteados bobalhões de Kafka) pessoas pobres de espírito. Peté tinha dado um jeito naquele conto para que o médico de sua história fosse um homem decente, de índole boa e limpa, e ao mesmo tempo lúcido e sutil, com um código moral que tinha imposto a si mesmo e que ele seguia ao pé da letra, numa vida estoica, de heroísmo discreto e cotidiano.

Antes ou depois que o livro saísse, Peté tinha dado um jeito de conseguir uma bolsa holandesa e morou em Amsterdã durante alguns anos, especializando-se em Filosofia da ciência (é claro que sua doença já não tinha cura). Estive lá com ele, algumas vezes. E o pior de tudo é que, dificuldades financeiras à parte, parecia muito contente.

Mas a maior das surpresas aconteceu agora, quando recebi e comecei a ler o livro que acabou de publicar: *A Medida de Todas as Coisas*. São seis contos longos, ou romances curtos – textos em que a linguagem, os episódios e os personagens, mas sobretudo a arquitetura e os pontos de vista com que as histórias são contadas, encaixam-se de tal maneira que parecem capítulos de um romance.

Como sempre, em literatura, é a forma que enriquece ou empobrece o conteúdo, e a forma será tanto mais bem-sucedida quanto mais invisível ela for. É o que acontece nestas histórias: em cada uma delas, o leitor tem a certeza de que esta, e não outra, era a única maneira de contar, para que ficassem tão genuínas, tão convincentes e tão sutis. Todas são excelentes, sem que nenhuma tenha falhas ou enfraqueça o conjunto, e todas demonstram a segurança e mestria de um narrador que se aproxima ou se afasta, exibe-se ou desaparece para encher de mistério, dramaticidade, nostalgia ou humor aquilo que está contando. Elas se passam no Peru ou na Holanda, mas o que importa mesmo não é a geografia, e sim a sutileza com que o leitor vivencia os problemas psicológicos, sentimentais e políticos dos personagens, e a facilidade com que, em cada uma delas, entramos em sua intimidade e compartilhamos seus fracassos, suas fantasias e seus dramas. Desde o primeiro conto, que é uma homenagem a Onetti, até o último, que dá título ao livro e narra a imolação de um talento intelectual em nome da cobiça, todos transcorrem num nível curioso de realidade, que combina com desenvoltura os mundos objetivo e subjetivo, os fatos e as lembranças, um passado que se confunde com o presente e vice-versa – o que dá às histórias uma aparência de totalidade, como se tivessem a autossuficiência de uma esfera.

Há uma, sobretudo, que reli umas três vezes e a cada vez ela me pareceu melhor do que na anterior. Chama-se "Caçadores de Ostras", e se passa numa dessas praias do litoral de Lima que os edifícios e os condomínios de balneários foram cercando e asfixiando. O personagem-narrador, que quer romper com sua noiva, costumava acampar ali na infância junto com a família e ficava observando umas aves enormes, talvez os chamados "ostreiros", que andavam sempre aos pares e dedicavam o tempo a bicar as ostras encalhadas na areia e comer suas entranhas. A nostalgia daqueles acampamentos, que terminaram quando a família foi assaltada por uns supostos "revolucionários", impregna a prosa e em alguns momentos a transforma em poesia. No fim, o personagem consegue romper com a noiva e nos deixa desconfiados de que não nunca mais vai voltar a pisar naquela praia.

Tive um prazer enorme em ler este livro, Peté. Aquela aposta insensata que você fez, sobre a qual conversamos naquele crepúsculo distante e que deve ter dado tantas dores de cabeça aos seus pais, estava plenamente justificada.

Direitos mundiais de publicação em todas as línguas reservados às Edições El País, SL, 2018.
© Mario Vargas Llosa, 2018.

© Salvador Dalí, Fundación Gala-Salvador Dalí/ AUTVIS, Brasil, 2019.

My Wife Nude Contemplating Her Own Flesh Becoming Stairs, Three Vertebrae of a Column, Sky and Architecture, 1987.

A imagem reproduzida na capa é um detalhe da obra.